THE FIRST
PART OF
KING HENRY
THE FOURTH

셰익스피어
4대 사극

헨리 4세 1부

윌리엄 셰익스피어 지음

이태주 옮김

WILLIAM
SHAKE-
SPEA

헨리 4세 1부

초판 1쇄 인쇄 · 2024년 2월 1일
초판 1쇄 발행 · 2024년 2월 10일

지은이 · 윌리엄 셰익스피어
옮긴이 · 이태주
펴낸이 · 김화정
펴낸곳 · 푸른생각

편집 · 지순이 | 교정 · 김수란, 노현정 | 마케팅 · 한정규
등록 · 제310-2004-00019호
주소 · 서울시 중구 충무로 29, 아시아미디어타워 502호
대표전화 · 02) 2268-8707
이메일 · prun21c@hanmail.net / prunsasang@naver.com
홈페이지 · http://www.prun21c.com

ⓒ 이태주, 2024

ISBN 979-11-92149-42-4 03840
값 19,000원

셰익스피어 사극은 영국 왕조 시대 이야기입니다. 전쟁과 해외 원정이 끝날 줄 모르고 계속되면서 국민들은 폭력과 약탈, 기근과 질병으로 극심한 고통을 받고 있었습니다. 〈존 왕〉 〈리처드 2세〉 〈헨리 4세〉(2부작) 〈헨리 5세〉 〈헨리 6세〉(3부작), 〈리처드 3세〉 등 영국 역사극은 반란과 폭동, 정치적 책략과 배신 등 왕권 쟁탈전이 되풀이되면서 평화와 질서가 유린되는 수난의 기록입니다.

영국과 프랑스 사이에 벌어진 백년전쟁은 1337년에 시작되었습니다. 그 이후 오랫동안 양국 간에 전쟁이 계속되다가 1415년 8월, 헨리 5세는 2만 명의 병력을 이끌고 프랑스를 공략했습니다. 10월 25일 아쟁쿠르 격전에서 프랑스군을 대파하고 극적인 승리를 거두었습니다. 1429년 7월 17일 프랑스의 샤를 7세가 대승리를 거두면서 대관식을 거행했습니다. 이후, 프랑스는 1453년까지 영국이 확보했던 칼레를 제외하고 전 국토를 수복해서 백년전쟁에 종지부를 찍었습니다.

한편 영국은 장미전쟁이라는 내란에도 시달렸습니다. 흰 장미 요크 가문과 붉은 장미 랭카스터 가문이 30년 동안 혈전을 펼친 참담한 전쟁이었습니다. 1455년에 시작된 장미전쟁은 1485년 8월 보스워스 전투에서 요크 가문의 리처드 3세가 전사하고 랭카스터 가문의 헨리 7세가 승리하면서 종결되었습니다.

이 모든 영국사의 참극과 그 이후 세계에서 전개된 전쟁의 역사를 보면서 나는 왜 전쟁은 끝나지 않는가라는 의문을 갖게 되었습니다. 그 의문에 대한 해답을 얻기 위한 첫걸음으로 영국의 역사를 읽고, 셰익스피어 역사극을 이해하는 일을 시작했습니다. 그 과정에서 나는 전쟁은 예나 지금이나 같다는 것을 깨닫게 되었습니다. 과거는 정말이지 오늘과 내일을 비추는 거울이었습니다.

영국 역사극 가운데서도 〈리처드 3세〉와 〈헨리 4세〉(2부작)는 최고 걸작입니다. 전자는 정치적 배신과 잔혹성이 난무하는 드라마로 충격적인 명성을 얻었습니다. 1막 1장에서 보여준 리처드의 악마적 실체, 2장에서 벌어지는 앤 왕비를 농락하는 드라마는 셰익스피어의 천재적 극작술이 발휘된 명장면입니다. 온갖 만행을 저지른 리처드의 최후는 비참했습니다. 패전 직전 막바지에 몰린 리처드는 "말을 다오! 말이다! 말을 주면 왕국을 주겠다"라고 비명을 지르다가 죽었습니다. 후자는 비극과 희극의 심원한 주제를 다루면서도 희극의 재미를 안겨주는 역사극 특유의 매력을 창출한 작품입니다. 폴란드의 셰익스피어 학자 얀 코트는 셰익스피어가 표현한 세계를 현실 세계와 비교해서 해석하려고 한다면 〈리처드 3세〉부터 읽어야 한다고 주장했습니다. 셰익스피어의 세계는 우리 모두의 인생을 반영하고 있기 때문일 것입니다. 〈리처드 3세〉는 왕권 장악을 위한 투쟁으로 시작됩니다. 왕권을 장악하면 왕권 안정을 위한 투쟁을 계속합니다. 그 결과는 언제나 왕의 죽음과 새로운 왕의 즉위입니다. 새로운 왕은 왕권 투쟁을 통해 너무나 많은 잔혹 행위를 하게 됩니다. 그래서 기나긴 범죄의 쇠사슬을 질질 끌고 악몽 같은 여생을 살아갑니다. 그는 자신을 도왔던 측근들을 왕권 도발을 한다고 의심하며 살해합니다. 그리고 나서 그에게 반기를 든 적들을 차례로 죽입니다. 아무리 죽여도 적 모두를 죽일 수는 없습니다. 살아남은 적수 한 사람이 유형지에서 돌아옵니다. 그는 복수심에 불타 왕에게 도전장을 내고 피투성이 싸움 끝에 왕권을 탈취합니다. 그는 선왕에 항거하던 주변의 귀족들과 영주들의 지원을 받으며 정의와 질서의 상징으로 추앙받습니다. 그러나, 시간이 흐르면서 이들 간에 권력투쟁이 재현됩니다. 또다시 살인과 폭력과 배신의 역사가 시작됩니다. 역사의 수레바퀴가 한 바퀴 돌아가면서 새로운 비극의 역사가 다시 시작됩니다. 얀 코트는 이를 '역사의 악순환'이라고 개탄했습니다.

헨리 4세로 왕위에 오른 볼링브로크는 에드워드 3세의 아들 랭카스터 공작의 아들이었습니다. 에드워드 3세의 아들 에드워드의 아들은 리처드 2세였습니다. 리처드 2세는 랭카스터 공작의 영토를 몰수했습니다. 이에 불만을 품은 볼링브로크를 리처드 2세는 프랑스로 유배합니다. 그는 선친의 지위와 영토를 재탈환하기 위해 프랑스에서 군사를 이끌고 영국을 침공합니다. 허를 찔린 리처드 2세는 원정길에서 급히 돌아와서 전쟁을 했지만 기세가 꺾여 패배했습니다. 그는 포로의 몸이 되어 성탑에 유폐되었다가 볼링브로크가 보낸 암살범에게 살해당합니다. 헨리 4세는 그의 치세 동안 자신이 저지른 과거사 때문에 양심의 가책을 받습니다. "왕관을 쓴 머리는 편안한 잠이 오지 않는다"라고 그는 실토합니다. 그를 왕위에 오르도록 도왔던 북방의 영주들은 헨리 4세가 왕위에 오를 때 약속한 조건을 어겼다고 불만입니다. 북방의 영주 노섬벌랜드의 아들 홋스퍼는 반란을 주도합니다. 그러나 그는 헨리 왕자와의 결투에서 살해당합니다. 그래도 굴복하지 않고 요크 대주교, 노섬벌랜드, 헤이스팅스 등 북방의 영주들은 다시 반격을 시도합니다. 그러나, 이들에게 화전(和戰)을 제의한 헨리 4세의 아들 랭카스터 공작은 평화회담을 통해 휴전을 성사시켰는데, 반군이 해산된 시점을 노려 그는 화전의 약속을 어기고 반군의 지도자들을 모두 체포해서 처형합니다. 정치의 잔혹성, 권력의 행폐가 노정(露呈)된 반인도적 만행이었습니다. 〈헨리 4세 2부〉 4막은 화전을 둘러싸고 전쟁과 평화의 담론이 펼쳐지는 장면입니다. 귀담아 들어야 하는 중요한 내용이 쌍방의 대화 속에 담겨 있습니다. 음흉한 계략으로 전쟁에는 승리했지만, 헨리 4세는 이 모든 불법적인 잔혹 행위에 대해 고뇌의 세월을 보냅니다. 헨리 4세는 임종 때 왕자 헨리에게 과거의 일을 참회하면서 지혜롭고 영득한 왕이 되도록 덕담을 남깁니다. 그러나, 그도 왕이 되자 프랑스 원정의 길을 떠납니다. 그는 프랑스 전쟁터서 용맹을 떨쳤지만 질병으로 막사에서 사망했습니다.

나는 〈헨리 4세〉를 읽으면서 손에서 책을 놓을 수 없었습니다. 너무나 재미있고, 지혜롭고, 감동적인 작품이었기 때문입니다. 그 재미의 원천은 왕자와 폴스타프가 펼치는 드라마 때문입니다. 다양한 성격의 인물이 등장하는데 한 사람도 놓칠 수 없이 흥미롭습니다. 그들의 대사는 자극적이요, 유머러스하고, 감성적이며 본능적입니다. 극은 다층구조입니다. 폴스타프가 술집에서 진행하는 극중극은 그 좋은 예입니다. 두 사람의 관계가 재미있습니다. 왕권의 질서와 민중의 무질서입니다. 두 사람의 관계가 파탄으로 가는 2부 끝머리 장면은 생의 비극을 맛보게 합니다. 극중극에서 폴스타프와 왕자는 서로 다른 역할을 하면서 현실과 허구세계의 상반(相反)을 보여줍니다. 대중적 흥미를 고조시키는 교묘한 극작술이요, 연극적 카다르시스입니다. 그 재미에 본인도 압도당합니다. 폴스타프는 모순투성이입니다. 꿈속에서 웃고, 현실에서 눈물짓는 인생 그 자체의 부조리와 모순입니다. 인간의 본능적인 욕망이 이스트치프 선술집에 모인 사람들로부터 분출합니다. 엘리자베스 시대 대중들은 그랬습니다. 노도와 질풍이었습니다. 전란 속 사람들은 모두 그러합니다, 우리도 남들도 그랬습니다.

왕자와 폴스타프의 대조적인 상황을 상징적으로 보여주는 장면은 〈헨리 5세〉 전편에서 거듭거듭 강조되는 헨리 왕의 원정 이야기와 2막 3장의 폴스타프 임종 장면입니다. 헨리 5세가 파죽지세로 프랑스를 쑥밭으로 만들고 있을 때, 폴스타프는 런던의 주막집에서 쓸쓸히 숨을 거두고 있습니다. 퀴클리는 폴스타프의 임종을 봅니다. 폴스타프는 "홑이불을 만지작거리면서 꽃을 따는 시늉을 하며 손끝으로 꽃을 따고 싱긋 웃었다"고 퀴클리는 전합니다. 폴스타프는 "하느님, 하느님, 하느님" 하면서 숨을 거뒀습니다. 님 하사가 물었습니다. "술을 저주했다면서요?" 퀴클리는 응답했습니다. "그랬습니다." 바돌프는 물었습니다. "여자도?" 퀴클리는 응답했습니다. "여자는 저주하지 않았습니다." 옆에 있던 소년이 말했습니다. "저주했습니다. 여자는 악마의 화신(化身)이라고 말했습니다." 퀴클리는 응수했습니다. "화신(化身)이 아니라 화신(花信)이다. 카네이션 꽃을 싫어했어."(incarnate와 carnation을 병치하는 셰익스피어 특유의 언어 사용—역자 주) 헨리 5세는 계속해서 프랑스에 총을 내밀었습니다. 폴스타프는 꽃을 만지며 사랑과 평화를 몽상했습니다. 그는 파란만장의 유랑아였습니다. 반문화(anti-culture), 반기성질서(anti-establishment)를 부르짖으며 '총보다 꽃'을 주장한 1960년대 미국의 히피 문화를 연상시킵니다.

〈리처드 3세〉와 〈헨리 4세〉(2부작)를 읽으면서 나는 얀 코트의 말을 상기합니다. "역사는 아무런 의미가 없다. 역사는 정지되어 있다. 잔혹한 순환을 되풀이하고 있다." 전쟁의 역사를 보면 얀 코트의 말이 옳습니다. 전쟁은 끊이지 않고 계속되고 있습니다. 역사는 마치 돌고 도는 수레바퀴처럼 정지되고 있는 듯합니다.

이 나라에서 한때, 셰익스피어 역사극 공연은 허락되지 않았습니다. 셰익스피어 역사극은 국가 원수들의 형장(刑場)이었기 때문에 불온한 책으로 간주되었습니다. 브레히트의 작품과 셰익스피어 사극 공연이 금지된 사건은 우리 연극사의 오점이요 수치였습니다. 문민정부 시대에 그 금기는 풀렸습니다. 나는 명배우 권성덕 씨를 만나 〈리처드 3세〉를 국립극장 무대에 올리자고 말했습니다. 그 당시 국립극단 단장이었던 그는 대찬성이었습니다. 나는 즉시 번역에 착수했습니다. 〈리처드 3세〉는 김철리 연출로 국립극장 무대서 막을 올렸습니다. 리처드 3세 역을 기대했던 배우 권성덕은 단장 일로 다른 배우에게 주인공 역을 맡겼습니다. 마거릿 역을 맡은 여배우 이승옥은 연습을 끝내고 집에 돌아와서 심야에 자주 나에게 전화를 했습니다. 작품이 아주 마음에 든다고 하면서 작중인물의 성격에 대해서 나와 긴 대화를 나누곤 했습니다. 셰익스피어 대사가 이렇게 좋을 수 없다는 것이 이 배우가 자주 터뜨리는 찬사였습니다. 이 공연은 한국 초연이 되었습니다. 나는 이 공연이 암담했던 시대와 공명하면서 우리의 존경심과 자부심을 반영한 기념비적인 무대였다고 생각합니다.

〈리처드 3세〉 공연 후, 나는 폴스타프에 심취해서 〈헨리 4세〉(2부작)와

〈헨리 5세〉 번역을 했습니다. 나는 그 엄청난 일을 하면서 그지없이 행복했습니다. 셰익스피어 번역은 고생스러운 일인데, 나는 조금도 권태롭지 않았습니다. 폴스타프가 있었기 때문입니다. 왕궁과 선술집이라는 두 대조적이며 이질적인 공간에서 두 가지 인생 장면이 너무나 흥미롭게 진행되었기 때문입니다. 궁전 귀족들의 음산한 정치와 전쟁의 어둠은 왕자와 폴스타프의 자유분방한 삶의 희열과 환락으로 무섭게 대조되는 인생의 양면입니다. 이윽고 헨리 5세가 된 왕자는 폴스타프를 배척하고 체포합니다. 폴스타프의 절망은 이만저만 하지 않았습니다. 그가 너무 가련하게 느껴졌습니다. 이 장면은 삶의 비통한 현실입니다. 헨리 5세가 한 일은 지금까지 찬반 논란이 계속되고 있습니다. 〈헨리 4세〉는 내가 서울시극단장 시절에 연출가 김광보에게 부탁해서 무대에 올렸습니다. 당시로는 획기적인 무대미술과 탁월한 연기술, 그리고 정확한 작품 해석으로 관객의 박수갈채를 받은 명작무대였습니다.

셰익스피어 작품집을 새롭게 간행하게 되었습니다. 이 기회에 그동안 미루었던 전폭적인 수정작업을 단행했습니다. 해묵은 번역이어서 손댈 곳이 많았습니다. 새롭게 번역하고 단장해서 셰익스피어가 새롭게 세상으로 나가게 되어 감개무량한 느낌입니다. 힘써주신 푸른사상사의 한봉숙 사장님, 편집과 교정을 말끔하게 해주신 김수란 팀장과 편집진 여러분에게 깊은 감사의 뜻을 전합니다.

2024년 1월
옮긴이 이태주

차례

The First Part of King Henry
the Fourth

등장인물

헨리 4세

헨리_ 웨일스의 왕자, 왕의 아들

랭카스터 공 존_ 왕의 아들

웨스트모어랜드 백작

월터 블런트 경

토머스 퍼시_ 우스터 백작

헨리 퍼시_ 노섬벌랜드 백작

헨리 퍼시_ 홋스퍼 경, 노섬벌랜드 백작의 아들

에드워드 모티머_ 마치 백작

스크루프_ 요크의 대사교

미카엘 경_ 대사교의 친구

아치볼드_ 더글라스 경

오웬 글렌다워

리처드 버논 경

존 폴스타프 경

포인즈

개즈힐

바돌프

퍼시 부인_ 홋스퍼의 아내

모티머 부인_ 글렌다워의 딸

퀴클리 부인_ 이스트치프의 술집 여주인

장교, 여행객들, 귀족들, 관리들, 주장관, 급사들, 두명의 짐꾼, 종신들,
지배인, 나그네

장소

영국

제1막

제1장 런던, 궁전의 방

왕 헨리 4세, 랭카스터 공 존, 웨스트모어랜드 백작, 월터 블런트 경 및 기타 등장.

왕 계속되는 내란으로 나라는 기울고, 백성들은 심란하다. 흠칫 놀란 평화는 지금 숨 돌릴 시간을 얻었으니, 숨 가쁜 고통이지만, 해외에서 시작되는 새로운 전쟁에 관해서 이야기하는 여유를 갖자. 갈증 난 국토가 이 땅에서 태어난 아이들이 입술로 피를 빨아들이지 않도록 하자. 더 이상 전쟁의 발톱이 산야(山野)를 무참히 할퀴지 않도록 하자. 적을 쫓으며 달리는 군마의 발굽이 더 이상 가련한 들꽃을 짓밟지 않도록 하자. 이변을 감지한 흐르는 유성처럼, 원래는 한 뱃속 동성동본인데, 근자에 이르러 적대시하며 골육상잔의 격렬한 전투에 휘말렸다. 지금부터는 서로 일치단결하여, 대열을 정돈하고, 같은 길을 돌진하자. 친구끼리, 집안끼리, 동지끼리 서로 싸우지 말자. 망가진 칼집 속에 든 칼날 같은 전쟁이 더 이상 주인을 해쳐서는 안 된다. 그러니 경들이여, 성스러운 십자가의 군사로서 예수 분묘(墳墓)의 땅 예루살렘까지 진군해야 되는 영국군을 지금

당장 징집하려고 한다. 생각하면 천사백 년 전, 우리들 때문에 무참하게도 십자가에 못 박히신 우리 주 예수 크리스트가 친히 밟으신 그 성지로부터 이교도들을 축출하기 위해서, 우리들 영국군의 양팔은 어머니 태내에서 이미 만들어진 것. 물론 이 계획은 일 년 전에 이미 결정한 것이다. 지금 새삼스럽게 출전을 상의하려는 것은 아니다. 그 일 때문에 오늘 이렇게 모인 것도 아니다. 그러니 우선 웨스트모어랜드 백작, 먼저 소식을 전해주시오. 어젯밤 열린 의회에서, 이 중대한 원정 계획을 실행에 옮기도록 어떤 결정을 했습니까?

웨스트모어랜드   폐하, 그 안건에 관해서는 진지하게 토론을 했습니다. 그리고 군비와 역할 분담이 이루어졌습니다. 그러나 바로 그때 공교롭게도 웨일스로부터 급하게 사절이 당도하여 대단히 불행한 소식을 전했습니다. 헤리퍼드셔의 군대를 이끌고 악덕하고 무도한 글렌다워를 토벌하던 모티머 경이 패배해서 포로가 되고, 일천 명의 군졸들은 전멸했다는 것입니다. 그런데 웨일스 여인들이 병사의 시체들에 대해서 잔인하고 파렴치한 모욕을 가해서 군사들은 눈 뜨고 볼 수 없는 짐승처럼 변신되어 말로는 도저히 형언키 어려운 광경이었다 합니다.

왕   그렇다면 패전 소식으로 성지 원정 얘기는 중단되었단 말인가.

웨스트모어랜드   폐하, 황송하게도, 그 밖에 또 다른 문제까지 겹쳤습니다. 더욱더 불온하고 불길한 소식이 북방으로부터 전해졌습니다. 내용인즉 이렇습니다. 성가절인 구월 십사일에, 북방의 용맹한 홋스퍼, 즉 퍼시 경의 아들 해리와, 용감무쌍한 스코틀랜드의 장사(將土) 아치볼드가 홈던의 고지에서 처참한 유혈 격전을 치렀답니다. 그 싸움의 보고는 격렬한 포성 소리로 미루어 추측한 것입니다. 소식을 전한 자의 말을 빌리면, 그는 격전 중에 말을 타고 달려왔기 때문에 그 이후의 일은 알 수 없다는 것입니다.

왕   아, 그 일이라면, 여기 월터 블런트 경이 있소. 진실로 충성스러운 신하지요. 방금 홈던에서 여기까지 흙먼지를 뒤집어쓰고 달려왔는데, 아주 흥겹고 반가운 소식을 갖고 온 모양이오. 더글러스 백작은 패배하고, 스물두 명의 기사를 포함해서, 만명의 스코틀랜드 용사들이, 홈던 평원에서 핏물에 엉켜 쓰러져 있는 것을 목격했다는 겁니다. 포로들 가운데는 패배한 백작의 장남인 파이프의 백작 모데이크, 그리고 애솔의 백작, 머레이, 앵거스, 그리고 멘티스 백작 등의 쟁쟁한 얼굴들이 있는 모양이오. 엄청난 전과를 올린 셈이오. 어떻소, 웨스트모어랜드 백작, 안 그렇소?

웨스트모어랜드   그렇습니다. 왕자의 자랑거리가 된 대승입니다.

왕   그렇소. 하지만, 왕자라는 말에 서글퍼지는구려. 그런 자식의 아버지가 된 행복을 누리는 경을 시기하지 않을 수 없구려. 장군의 명예를 안고 사람들 입에 오르내리는 아들을 둔 아버지, 숲속에서도 유난히 우뚝 꼿꼿하게 서 있는 나무 같은 아들, 운명의 여신이 그토록 사랑하며 보람으로 여기는 아들! 이와는 반대로, 나는 그의 찬사를 듣기만 해도, 내 아들 해리의 모습이 떠오르는구려. 그 녀석은 방종과 불명예를 얼굴 가득히 칠하고 다니죠. 밤이면 출몰하는 요정들이 우리 두 아이를 강보로 싸서 내 것을 퍼시로, 그의 것을 플랜태저넷으로 바꾸었으면 얼마나 좋을까 생각하지 않을 수 없어요. 하지만, 아들 생각은 이만 해둡시다. 그런데 웨스트모어랜드 공. 경은 젊은 퍼시의 불손을 어떻게 생각하오. 예컨대, 이번 싸움에서 사로잡은 포로들 얘긴데, 모두 자신의 수중에 넣고, 파이프의 백작 모데이크 외에는 한 명도 내주지 않겠다는 말을 전해왔소.

웨스트모어랜드   그 일은 백부가 시킨 일입니다. 우스터라는 인간 말입니다. 그는 사사건건 폐하에게 적대감을 품고 있습니다. 저 어린 홋스퍼를 우쭐대게 만들어서 폐하의 위엄에 거슬리고 있습니다.

왕   그 문제에 관해서는 직접 출두해서 답변하도록 명령했소. 이 문제 때문에 예루살렘 원정은 연기하는 수밖에 도리가 없어요. 그런데, 웨스트모어랜드 공, 이번 수요일에는 윈저에서 각의(閣議)를 열 예정이니, 여러 궁신들에게 연락해주시오. 그러나, 경은 급히 돌아와 주기 바라오. 분이 치밀어 못 한 말이 있는데, 더 할 말도 있고, 할 일도 남아 있기 때문이오.

웨스트모어랜드   알겠습니다.

제2장 런던 태자 헨리의 방

태자 헨리와 존 폴스타프 경 등장.

폴스타프 이봐, 할, 지금 몇 시야?

왕 자 네 머리도 돌대가리 다 됐구나. 두주불사(斗酒不辭)라, 저녁식사 끝나면 옷 단추 풀고, 오후가 되면 의자에 벌렁 누워 곯아 떨어지니, 이 때문에 정말로 묻고 싶은 일조차 몽땅 잊어버리고 있는 자네가 도대체 낮 시간과 무슨 관계냐는 말이다. 한 시간이 한 잔의 술이요, 일 분은 한 토막 닭고기, 시계 소리는 매춘부 지껄이는 소리고, 시계 문자판은 갈보집 간판, 게다가 태양도 붉은 옷을 걸친 색골 계집애라 생각하면 더 이상 바랄 게 뭐가 있어? 그러면 됐지, 자네가 실없이 낮 시간을 묻는 까닭이 뭐냔 말이야.

폴스타프 맞다 맞아, 자네 말이 맞아. 소매치기 전문인 우리들은 확실히 달과 칠성님 믿고 살아요. 포이보스(태양—역자 주)과는 연분이 없어. 그런데 말이다, 단짝 놈아, 네놈이 임금님이 되면, 거룩하신 폐하라고 말해주겠지만, 네가 어디 왕이 될 수 있겠는가, 가망 없지…….

왕 자 뭐? 가망 없다고?

폴스타프 없지. 돼지 꼬리만큼도 없어.

왕 자 이것 봐라, 제법 둘러치네. 딱 부러지게 말하라.

폴스타프 그렇다면 말해주지. 여봐, 단짝. 네가 왕이 되면, 우리들 밤

손님 기사(騎士)들을 빈둥대는 낮 거리 도적으로 몰아세우지 말게나. 우리들은 달의 여신 디아나가 좋아하는 사냥꾼, 밤의 신사야. 그러니 이렇게 불러다오. 우리들은 달이 마음대로 조종하는 광대한 저 바다 같은 신분으로서, 고귀하고 정숙한 달의 여신에 봉사하는 몸, 그 달빛을 타고 훔치러 다니는 품행 방정한 신사들이다.

왕 자 그럴듯하게 말은 잘한다. 달님의 부하답게 우리들 운명도 바다와 같아서 달의 지배를 받아 썰물이 됐다 밀물이 됐다 하는 거란다. 그 증거는 금화로 가득 찬 돈주머니다. 월요일 밤 훔쳐서 가득했던 돈지갑이 화요일 아침에는 빈 주머니야. "내놔!"라고 위협해서 얻은 돈을 "술 가져와!"라고 고함지르면서 다 써버리는 거야. 지금은 사다리 밑바닥까지 썰물이지만, 곧 밀물이 되어 교수대까지 올라가게 될 거다.

폴스타프 말은 제대로 하는구나. 그런데, 여보게, 할, 주막집 주모는 어떠냐, 물 좋은 깔치 아닌가.

왕 자 시칠리아 명산의 벌꿀 맛이죠. 소매 없는 가죽 죄수옷은 어때? 아주 좋은 옷이지?

폴스타프 뭐, 뭐, 어째, 요 미친놈아! 네가 말장난으로 얼버무리려고 하느냐? 나와 가죽옷이 무슨 놈의 상관이냐?

왕 자 그렇다면, 나와 주막집 마나님과는 무슨 염병할 상관이란 말인가?

폴스타프 관계가 있지. 네놈이 항상 주모를 불러대면서 계산을 하지 않는가?

왕　자　내가 한 번이라도 술값 계산하라고 너를 부른 적이 있는가?

폴스타프　아니지. 그건 인정하마. 계산은 언제나 자네가 했지.

왕　자　술집만이 아니야. 어디서든지 돈만 있으면 내가 지불했어. 돈이 없으면 신용으로 외상이야.

폴스타프　그랬었구나. 신용이 통한 건 자네가 왕이 될 신분인 것이 알려졌기 때문이다……. 그건 그렇고 자네가 옥좌에 올라도 영국 땅에 교수대를 남겨둘 작정이냐? 법률이라는 낡아빠진 재갈을 갖고 우리들 용감한 기사들의 콧대를 눌러버릴 생각이냐? 왕이 되면 도적들의 목을 치지 말게.

왕　자　나는 그런 짓을 하지 않겠다. 자네한테 시키겠어.

폴스타프　나에게? 그건 멋진 생각이지. 맹세코 나는 명판관이 되겠다.

왕　자　벌써 오판을 범했네. 내 말은 자네가 교수형 집행리가 되면, 명인(名人)이 될 것이라는 걸세.

폴스타프　아, 그런가. 할. 그것도 나쁘지 않네. 관가에서 일하는 것이나 그 일이나 내 성미에 맞는 일이네.

왕　자　탄원거리가 있어서지.

폴스타프　사형수의 옷을 얻자는 탄원이야. 사형수의 의복을 착복했기 때문에 형리의 옷장은 가득 차 있네. 그건 그렇고 나는 어쩐지 우울하네. 수괭이처럼, 질질 끌려다니는 곰처럼 말일세.

왕　자　아니면 늙은 사자처럼 말인가. 연인이 연주하는 비파(琵琶)처럼 말인가.

폴스타프　아니면 링컨셔에 있는 백파이프(스코틀랜드 고지인의 악기 이름—

역자 주)의 저음처럼 말인가.

왕 자 아니면 울상이 된 산토끼처럼 말인가. 아니면 무어 지방 하수
도의 음산한 풍경처럼 말인가.

폴스타프 참으로 끔찍한 비유로다. 너는 비유만 일삼는 얌전한 불한당
왕자로군. 할. 부탁이네. 싱거운 얘기는 집어치우게. 나는 마음
속으로 빌고 있다. 너와 내가 타인으로부터 칭찬받을 일이 없을
까 하고 말이다. 일전에 노상에서, 의회의 늙은 귀족한테서 너
때문에 욕을 실컷 먹었다. 물론 나는 그 말에 귀를 기울이지 않
았지. 그런데도, 그 늙은이는 도도하게 설교를 계속했어. 잘난
체하면서 길 한복판에서 말이다.

왕 자 자네도 큰일 했군. "현인은 외치는데 듣는 자 없도다"가 되었
으니 말일세.

폴스타프 형편없는 놈이네. 성경 말씀 흉내 내고 있으니. 너에게 걸리
면 성자도 타락할 수밖에 없지. 할, 너는 나에게 해독을 많이
끼쳤어. 하나님, 제발 저 사람을 용서해주십시오. 할, 나는 너
를 만나기 전에는 아무것도 아는 것이 없었지. 그런데 지금은
어떤가. 솔직히 말해 나는 악당들의 패거리가 되었어. 이런 생
활은 청산해야 돼. 나, 이런 생활 그만두겠어. 나, 맹세하지만,
그만두지 않으면, 나는 악당이야. 기독교 나라 왕자를 위한 일
이라도 나는 싫단 말이다.

왕 자 자, 내일은 어디 가서 지갑을 훔치나?

폴스타프 아, 어디라도 좋다. 젊은이, 나는 끝까지 따라붙겠다. 안 가
면 나를 악당이라고 불러도 좋다. 공개적으로 모욕을 가해도

좋다.

왕 자 자네 속에서 개심(改心)의 좋은 본보기를 보았네. 기도하다가 일순간에 소매치기로 바뀌었으니 말일세.

폴스타프 할, 그건 나의 천직이야. 인간으로 태어나서 천직을 따르는 일이 죄악인가.

　　　포인즈 등장.

포인즈가 왔네! 저놈한테 들어보면 알 수 있다. 개즈힐이 소매치기 준비를 끝냈는지 물어보자. 인간은 선행을 쌓아야지 천당으로 간다면, 저놈한테는 아무리 뜨거운 지옥의 불구덩이도 부족할 것이다. 착한 사람들에게 "정지!"라고 고함친 강도 가운데서 저런 대악당은 없었지.

왕 자 안녕하슈, 네드.

포인즈 안녕하십니까, 전하. 별일 없으신지요, 후회 선생님. 별고 없으신가요. 안녕하슈, 포도주 주당님. 그런데, 잭, 악마와 거래하는 일은 잘되고 있는가? 지난 금요일, 마데이라 술 한 잔과 닭고기 한 토막으로 영혼을 팔아넘기겠다고 약속 했었지?

왕 자 존 경은 반드시 약속을 지킨다. 악마에게 약속한 물건을 건네줄 것이다. "줄 것은 악마에게도 주어라"라는 속담이 있어. 그는 지금까지 속담을 배신한 적은 한 번도 없었네.

포인즈 그렇다면 자네는 악마와 약속을 지키면서 지옥에 떨어지네.

왕 자 아니면 악마와 약속을 어긴 죄로 지옥에 떨어지겠지.

포인즈 그건 그렇다 하고, 동지들, 동지들이여, 내일 새벽 네 시까지 개즈힐에 집합할 것! 헌납금 잔뜩 들고 캔터베리로 가는 순례자들과 런던으로 돈짐 지고 가는 상인들이 모여들고 있어. 사용할 복면은 갖고 왔는데, 말은 각자가 준비해야 돼. 개즈힐은 오늘 밤 로체스터에서 머물 예정이고, 내일의 만찬은 이스트치프에 예약해두었다. 이런 일은 잠자면서도 할 수 있는 쉬운 일이야. 함께 가기만 하면 돈지갑 속에 금화를 잔뜩 채워주마. 갈 생각이 없으면 집구석에 남아서 지갑 끈으로 목이나 매어라.

폴스타프   여봐, 네드, 나는 간다. 집에 남을 바에는 네놈을 고발하고 교수형 보내는 편이 낫겠지.

포인즈   뚱보, 너 가는 거지?

폴스타프   할, 너도 가겠지?

왕 자   나? 강도짓 하러? 내가 도적이 된다고? 안 되지.

폴스타프   자네는 명예도, 우정도 없고, 남자답지도 못해. 왕가의 혈통도 없는 놈이야. 동전 한 닢 훔칠 용기도 없으니 말이네.

왕 자   그렇다면 일생에 단 한 번 미친 수작에 끼어들어볼까나.

폴스타프   거, 말 한번 잘했다.

왕 자   하지만 나는 어떤 일이 있어도 집에 남겠다.

폴스타프   그렇다면, 맹세코 말하겠는데, 네가 왕이 되면 나는 반역자가 되겠다.

왕 자   상관 않겠어.

포인즈   존 각하, 전하는 나에게 맡겨두고 먼저 떠나요. 이번 일에 대해서 전하께 조리 있게 말해서 함께 가도록 하겠소.

폴스타프   너에게 설득의 힘과 말재주를 허락하고, 할에게는 사람 말

잘 듣고 배우는 귀를 허락해주시기를 하나님께 빌겠네. 네 말이 할의 마음을 움직이고, 할이 네 말 믿고, 진짜 왕자가 재미 삼아 가짜 도적이 되기를 기원하겠네. 지금은 시대가 나빠서 비행(非行)을 거들어주는 높으신 어른들이 없어. 자, 그러면 나는 가네. 이스트치프에서 만나세.

왕 자 잘 가시오. 늦봄에 피어난 노청년이여! (폴스타프 퇴장)

포인즈 자, 멋쟁이 전하, 내일 함께 떠납시다. 한 가지 재미있는 장난거리가 있습니다. 소생 혼자서는 할 수 없는 일이죠. 폴스타프, 바돌프, 피토, 개즈힐 네 사람에게 조금 전에 말한 나그네들의 돈을 털어내는 일이죠. 전하와 소생은 그 자리에는 나타나지 않고, 놈들이 물건을 수중에 넣었을 때. 전하와 소생이 놈들을 공격해서 돈을 털자는 것입니다. 이런 일도 할 수 없으면 제 목을 치십시오.

왕 자 출발할 때 어떻게 서로 떨어질 수 있는가?

포인즈 놈들보다 한 걸음 먼저 가거나 뒤져 가면 됩니다. 그들과 만나는 장소를 정하면 됩니다. 가고, 안 가고는 우리들 마음이죠. 그놈들에게 위험한 일을 시키고, 일이 잘 풀리면, 잘돼가는 순간 우리들이 덮치는 겁니다.

왕 자 하지만 우리들의 정체가 금방 탄로나지 않을까? 우리들의 말 [馬], 우리들의 복장, 그 밖의 장비들을 보면 금세 알 수 있겠지.

포인즈 천만에, 말을 일부러 보여줍니까. 숲속에 매달아둘 텐데요. 복면도 놈들과 헤어진 뒤에 바꾸면 되지요. 그런데 말씀이야,

전하, 나는 놈들이 알고 있는 복장을 숨기기 위해 변장용으로 뻣뻣한 리넨 윗저고리까지 준비해뒀어요.

왕 자   그렇군, 그러나 상대는 만만치 않아요.

포인즈   녀석들 가운데 두 놈은 적에게 등을 보이기 위해 태어난 겁쟁이들이고, 세 번째 놈은 필요 이상으로 오래 싸우고 저항하면, 소생이 칼을 버려도 괜찮을 상대이죠. 이번 장난의 묘미는 밤중에 우리가 만날 때, 바로 이놈의 뚱보가 줄창 허풍을 떠는 일이죠. 정말이지 이 뚱보는 말하겠죠. 어림잡아 삼십 명은 상대해서 싸웠다. 이런 자세를 취하고, 이렇게 치고 들어갔으며, 이렇게 해서 위기를 모면했다라고 닥치는 대로 허풍을 떨면, 우리는 그의 주장을 반박하면서 뚱보 놈을 끽소리 못 하게 하는 일이 재미있습니다.

왕 자   그렇다면 나도 함께 가겠다. 필요한 것은 준비해두게. 내일 밤, 이스트치프에서 기다리겠다. 그럼 이만 가네.

포인즈   또 만나요, 전하.

왕 자   네놈들의 수작은 익히 다 알고 있다. 하지만 당분간은 너희들이 마음껏 놀도록 내버려두겠다. 나는 태양의 흉내를 내겠다. 때로는 험상궂은 해로운 먹구름이 하늘을 덮어 아름다운 태양의 빛을 사람의 눈으로부터 빼앗아가기도 하지만, 다시 본래의 모습으로 돌아가서 빛을 밝힐 필요가 있으면, 일시적으로 하늘을 덮은 듯했던 추악한 운무를 무찌르고 뛰어나간다. 세상 사람들은 태양을 안타깝게 기다리고 있었기 때문에 놀라운 눈초리로 태양을 우러러본다. 일 년 내내 매일매일이 휴

일이라면, 노는 것도, 일하는 것도 똑같이 지루한 나날이 될 것이다. 간혹 찾아오는 휴일이기 때문에, 노는 날이 즐거운 것이다. 드물게 일어나는 일이 사람을 즐겁게 하는 법이다. 내 경우도 마찬가지. 이런 방종한 생활을 집어치우고, 돌려줄 약속도 하지 않았던 부채를 갚는다면, 예상하지 않았던 일이고, 기대하지 않았기 때문에, 더욱더 사람들을 기쁘게 하는 법이다. 검은 바탕에 박힌 황금 세공처럼, 나의 개심은 나의 비행을 배경으로 한층 더 빛나게 된다. 바탕의 배경이 있으면 없는 경우보다 더 아름답게 보이고 사람의 이목을 끄는 법이다. 내가 악행을 저지르는 것은 악행을 방편으로 삼기 때문이다. 사람들이 미처 생각도 하기 전에, 낭비한 시간을 보충하기 위해서다. (퇴장)

제3장 런던, 궁전

왕, 노섬벌랜드, 우스터, 홋스퍼, 월터 블런트 경, 그 외 등장.

왕　지금까지 나는 모욕을 당하고도 쉽사리 흥분하거나 격하지 않고 냉정을 유지하며 관용을 베풀었다. 경들이 이런 약점을 기회로 나의 인내심을 짓밟았는데, 알겠는가. 앞으로는 이런 허약한 처신은 버리기로 했다. 내 자신을 깨닫고, 제왕으로서 어울리는 강하고도 위엄 있는 태도를 견지할 것이다. 지금까지

나는 기름처럼 원활하고, 솜털처럼 유연했다. 이 때문에 존경 받을 자격을 잃었다. 거만한 사람은 오로지 거만한 인간에게 만 존경을 바치는 법이다.

우스터 황송하옵니다만, 폐하, 저의 집안에서는, 폐하로부터 그런 질 책을 받을 사람은 없습니다. 폐하의 왕권이 이토록 강력해진 것은, 우리 집안 사람들 때문이 아닙니까.

노섬벌랜드 폐하 —.

왕 물러가라, 우스터. 너의 눈에는 위험한 기색이 엿보인다. 왕에 반역하는 마음이 보인다. 그대는 내 앞에 모습을 나타내기만 해도 오만불손하구나. 왕으로서 신하의 오만상 찌푸린 모습 은 견딜 수 없다. 썩 물러가라. 그대에게 용무가 있으면, 대령 하도록 전하겠다. (우스터 퇴장) (노섬벌랜드에게) 무슨 말을 하려 고 했지요.

노섬벌랜드 네, 폐하, 실은 제 자식 해리 퍼시가 홈던에서 사로잡은 포 로들은, 폐하의 명에 의하여 인도될 예정이었는데, 제 자식의 말에 의하면 결코 폐하가 들으신 대로 강한 어조로 명령을 거 부한 것이 아닙니다. 따라서, 이 죄의 책임은 제 자식에게 있 는 것이 아니라 악의나 오해 때문이라고 생각됩니다.

홋스퍼 폐하, 제가 포로 인도를 거부한 사실은 없습니다. 기억나는 것은, 전쟁이 한 고비 넘겼을 때, 악전고투로 목이 마르고 숨 이 막혀 쓰러질 지경이어서, 칼을 지팡이 삼아 쉬고 있었습니 다. 그때, 신사 한 분이 나타났습니다. 그는 신랑처럼 깔끔하 게 옷을 차려입고 있었습니다. 턱은 갓 면도질해서 마치 수확

기에 그루터기만 남은 밭과도 같았습니다. 그 사람은 화장품 장사처럼 향수 냄새를 풍기며, 집게손가락과 엄지손가락 사이에 향료통을 집어 들고는, 코에다 갖다 대고, 떼었다 붙였다 하는 것이었습니다. 이 때문에 코끝이 성난 탓인지, 이윽고 흥 하고 콧방귀를 뀌었습니다. 그런 다음 싱글벙글하면서 연상 얘기를 늘어놓았습니다. 그런데 병사들이 시체를 들고 지나 갈 때면, 욕설을 퍼부었습니다. 이 무례한 상놈들아, 흉측한 시체를 운구하면서 귀하신 이 몸 앞에서 바람을 가르고 지나 가다니, 몹쓸 놈들 하는 것이었습니다. 그런데 소생에게 말을 건넬 때에는 마나님 용어로 점잖게 나왔습니다. 그리하여 여 러 가지 얘기를 나눈 끝에 포로를 폐하에게 넘기라는 것이었 습니다. 소생은 그때 상처가 아픈 데다, 앵무새처럼 멋부리는 놈한테 시달렸기 때문에, 더 이상 고통을 참지 못하고 닥치는 대로 말했습니다. 포로를 데리고 가라 했는지, 데리고 가지 말 라 했는지, 무엇이라고 했는지 통 기억이 나지 않습니다. 뭐니 뭐니 해도 그 사람이 화려한 옷매무새에 달콤한 향수 냄새를 풍기면서 시녀 같은 말투로 대포가 어떠니, 북이 어떠니, 부상 이 어떠니 하고 지껄여대기 때문에, 소생은 그저 미칠 지경이 었습니다. 그 사람은 계속해서 상처에 바를 약으로는 고래골 이 최고라느니, 죄 없는 땅에서 해로운 초석이 총탄의 원료로 발굴되어, 비열하게도 용감한 병사들의 목숨을 빼앗았기 때 문에, 가슴 아프다는 등, 그 비열한 대포만 없으면 나도 군인 이 되었을 거라는 등, 밑도 끝도 없는 소리를 제멋대로 지껄이기 때문에 소생은 별생각 없이 아무렇게나 대답했습니다. 이런 사연이었으니, 폐하, 그 사람의 보고만 믿고, 폐하에 대한 저의 충성심을 조금도 의심하지 마시고, 소생을 문책하지 마십시오.

블런트 폐하, 여러 정황을 생각해보니 그 당시 해리 퍼시가 응답한 말은, 상대가 상대이니 만큼, 장소가 장소이니 만큼, 때가 때이니 만큼, 지금까지 진술한 여러 가지 일을 감안한다면, 그건 소멸된 것이나 다름없습니다. 더욱이나 본인 스스로가 부인하고 있으니, 새삼스럽게 그 말을 근거로 경에 대한 비난의 실마리로 삼는 것은 온당치 않은 듯합니다.

왕 하지만, 지금도 포로 인도에 응하지 않고 있지 않은가. 인도한다 하더라도 계속 조건을 내세우고 있다. 말하자면 내가 몸값을 지불하고, 그의 자형인, 그 어리석은 모티머를 즉각 인수하라는 것이다. 그놈은 부하의 목숨을 팔아넘긴 역적이다. 벼락맞을 요술사 글렌다워를 토벌하러 그가 인솔해 간 그 병사들의 생명을 말이다. 듣자니 최근에 모티머는 글렌다워의 딸과 결혼까지 했다면서. 국고를 털어서 그 같은 반역자를 인수해야만 하는가? 배반자를 돈으로 사오라는 말인가? 자신을 버리고 적의 손에 몸을 팔아넘긴 비겁한 놈과 거래를 하란 말인가? 안 돼, 그런 놈은 산속 후미진 곳에서 굶어 죽여야 해. 그놈을 위해 단 돈 일 페니라도 쓰기를 바라는 자가 있다면, 내 편이라고 생각할 수 없어. 알겠는가. 반역자 모티머를 위해서는 몸값을 지불할 수 없다.

핫스퍼 반역자 모티머라고요! 반역이 아닙니다. 폐하. 다만 무운(武運)이 없어 패배했을 뿐입니다. 그것을 입증하려면, 무수한 상처가 입을 열면 되겠지요. 딱 벌어진 그 상처는 모두 사초가 우거진 고요한 세번강 가에서, 문자 그대로 일 대 일의 결투에서 입은 명예로운 상처입니다. 그는 거의 한 시간을 맹장 글렌다워와 격전을 벌였습니다. 두 사람은 세 번씩이나 휴식을 취하고, 세 번씩이나, 서로 합의하에 흐르는 세 번 강물에 목을 축였습니다. 그때 강물도 두 사람의 피투성이 얼굴에 질려, 몸을 떠는 갈대 사이로 살금살금 도망쳐 흘러 웅장한 전투로 흘린 피로 물든 강변 움푹한 곳에 물결치는 고개를 숨겼습니다. 그 일이 비열한 책략이었다면, 그토록 깊은 상처를 입고 일을 꾸몄을 리가 없습니다. 그리고, 모티머 경이 그토록 많은 상처를 스스로 찾아서 입었을 리도 없습니다. 반역자의 오명을 씌우는 일은 삼가주십시오.

왕 자네가 하는 말은 거짓말이다. 퍼시, 잘못되었어. 그놈은 글렌다워와 결투를 한 적이 없어. 알겠는가, 오웬 글렌다워와 맞서서 싸울 용기가 있었으면, 악마를 상대해서 홀로 싸울 수도 있었을 것이다. 그대는 부끄럽지 않은가? 좋다. 앞으로는 두 번 다시 모티머 얘기는 꺼내지 마라. 듣기 싫다. 포로들은 될 수 있는 대로 빨리 송환하도록 하라. 그렇지 않으면 너에게도 언짢은 일이 생긴다. 노섬벌랜드 공, 아들과 함께 떠나시오. 포로를 즉시 보내지 않으면, 응분의 조치를 할 것이다. (왕, 블런트, 궁신들 퇴장)

홋스퍼 악마가 나타나서 포로를 내놓으라고 아우성쳐도 내놓지 않겠
다. 곧 뒤따라가서 그렇게 말하겠다. 이 목 한두 개쯤은 날려
도 상관없다. 이 원한은 앙갚음하고야 말겠다.

노섬벌랜드 왜 그러느냐. 분통이 터지는가. 잠시 기다려라. 너의 숙부
가 오신다. (우스터 다시 등장)

홋스퍼 모티머 얘기를 하지 말라고? 안 하고는 못 배긴다. 비록 영혼
이 지옥에 떨어지는 한이 있어도 나는 악착같이 그를 싸돌겠
다. 그를 위해서 이 혈관을 쥐어짜서, 나의 귀한 피 한 방울 한
방울 모조리 땅 위에 흘리겠다. 반드시 나는 짓밟힌 모티머를
하늘 높이 받들어 모시겠다. 저 배은망덕의 왕, 썩어빠진 볼링
브로크에 뒤지지 않는 높은 왕위에 올려놓겠다.

노섬벌랜드 어떤가, 동생, 왕 때문에 네 조카가 광란 상태이다.

우스터 무엇 때문에 내가 없는 사이에, 그토록 격앙되어 있는가?

홋스퍼 왕이 우격다짐으로 포로를 내놓으라는 것입니다. 제가 처제
를 위해 몸값을 재촉하자, 순식간에 뺨에서 핏기가 가시고, 제
얼굴을 분노의 눈으로 노려보았어요. 모티머의 이름을 듣기
만 해도 몸을 부르르 떨었습니다.

우스터 그럴 만하지, 어쨌든 모티머는 선왕 리처드로부터 왕위 계승
자로 지명되었으니 말이네.

노섬벌랜드 맞는 말이야. 그 선언은 나도 들었어. 비운의 왕 리처드가
— 왕에 대한 우리들의 죄를 신이여 용서하소서 — 막 아일랜
드 원정에 출발하려던 참이었어. 왕은 원정 도중에 좌절하고,
귀국했는데, 폐위되자 곧 학살당했다.

우스터   그 일 때문에 우리 집안은 세상 욕설 뒤집어쓰고 누명을 썼지요.

홋스퍼   잠깐만, 그럼, 리처드 왕은 의제(義弟) 에드먼드 모티머를 왕위 계승자로 선언했습니까?

노섬벌랜드   그렇다. 내가 틀림없이 들었다.

홋스퍼   그렇다면 그의 친척인 왕이 그를 산속에서 아사(餓死)시킨다는 말도 무리가 아니네. 하지만 이래도 되는 겁니까? 은혜를 모르는 자의 머리 위에 왕관을 씌워준 여러분들이, 그놈 때문에 살인 교사(敎唆)라는 어마어마한 누명을 쓰다니. 그래도 괜찮은 겁니까. 앞잡이니, 천박한 도구니, 목 조르는 밧줄이니, 교수대의 사닥다리라느니, 사형 집행인이라느니 등 온갖 저주의 말을 뒤집어쓰고 있는데, 괜찮습니까? 아, 실례되는 말을 했지만, 용서하십시오, 음흉한 왕 밑에 있는 여러분의 지위, 신분이라는 것이 그렇습니다. 당신들 두 분이 오늘은 험담에 희생되지만, 후세에는 역사의 기록으로 남게 되지요. 훌륭한 혈통과 권력을 저당 삼고 부정을 위해 힘을 빌려주면서 ─ 신이여, 용서하소서, 이 점은 두 분도 부정하지 못할 겁니다 ─ 향기로운 장미나무 리처드를 뽑아버리고, 가시투성이 들장미인 볼링브로크를 그곳에 심어놓다니 될 일입니까. 당신들이 그토록 치욕을 감수하고 옹립한 그 사람으로부터 놀림당하고, 버림받고, 내동댕이쳐진다는 것은 더욱더 말하기가 수치스러운 얘기입니다. 하지만 아직도 때는 늦지 않았습니다. 잃어버린 명예를 다시 회복하시고, 다시 한번 세상 사람들의 존경을 얻게 되는 시간은 있습니다. 거만한 왕의 모욕과 조롱에 복수를 할 수 있을 것입니다. 그놈은 당신들을 어떻게 할 것인가 머리를 쥐어짜고 있어요. 그는 당신들의 잔학한 죽음으로 변상하려고 할 것입니다. 그렇기 때문에 저는 말합니다 ―.

우스터 알겠다. 더 이상 말하지 마라. 이번에는 내가 비밀의 책을 열어 보이겠다. 알아듣는 눈치 빠른 너의 불만스런 귀에, 중요하고도 위험한 얘기를 들려주겠다. 그것은 마치 도도히 흐르는 급류에 창 하나 걸치고 흔들다리로 삼아, 그 다리를 믿고 건너가는 위험스런 모험담이다.

홋스퍼 만약에 떨어지면, 볼장 다 보는 거지, 가라앉느냐 아니면 헤엄치느냐! 위험이 동쪽에서 서쪽으로 가로지르면, 명예가 북에서 남으로 치닫게 해서 서로 격투를 벌이도록 만들어보자. 아, 이왕 할 바에는 토끼 한 마리 쫓는 것보다는 사자 한 마리 노리는 것이 더욱더 피 끓는 일이다!

노섬벌랜드 큰 공로 생각에 마음 들떠서 어쩔 줄 모르는구나.

홋스퍼 정말이지, 그런 일은 식은 죽 먹기입니다. 창백한 달의 얼굴에서 금빛으로 빛나는 명예의 관을 빼앗는 일이나, 바다 밑으로 잠수해서 줄도 닿지 않는 바닥에서 물에 빠진 명예의 머리채를 휘어잡고 끌어올리는 일은! 다만, 그렇게 얻어낸 명예를 경쟁 상대 없이 그 영광을 모조리 독점할 수 있다면 말입니다. 인색하게 나누어 갖는 것은 피합시다!

우스터 공상 속에 살고 있구나. 확실한 내용을 알 수 없어. 이보게, 해리, 내 말에 귀 좀 기울이게.

홋스퍼　실례했습니다.

우스터　너의 포로들 스코틀랜드 귀족들은······.

홋스퍼　내 손아귀에 넣어두겠습니다. 한 사람도 넘겨주지 않겠습니다. 넘겨주면 왕의 영혼을 구한다 해도 절대로 넘기지 않겠습니다!

우스터　너는 금세 옆길로 빠지는구나. 내 말을 들으려 하지 않아. 포로들은 붙들어두어라.

홋스퍼　물론, 그렇게 하겠습니다. 왕은 모티머의 몸값을 낼 기분이 아니라고 말했어요. 하지만 나는 그가 잠들어 있을 때, 귀에다 대고 "모티머!"라고 고함을 지르겠습니다. 아니야, 그것보다는 찌르레기 새를 가르쳐서 "모티머"라고 울도록 하겠습니다. 그 새를 그에게 보내, 그 소리를 들을 때마다 울화가 치밀도록 하겠습니다.

우스터　해리, 한마디만 들어보게.

홋스퍼　앞으로 나는 모든 일을 포기하고, 볼링브로크를 골탕 먹이는 일에만 전념하겠습니다. 그런데 그 녀석 말입니다, 난폭하고, 으스대고, 뽐내고 다니는 태자 해리, 그놈은 아버지의 사랑도 받지 못해, 불행한 일을 당하면, 오히려 아버지가 기뻐할 녀석이죠. 아니면 맥주 잔에 독이나 풀어서 죽일 놈이죠!

우스터　오늘은 이만 작별이다. 내 얘기는 네가 듣고 싶을 때까지 보류해두겠다.

노섬벌랜드　아니 글쎄, 말벌에 쏘인 사람처럼 벌컥 벌컥 화를 내고 수다스럽게 떠들기만 하네. 혼자 떠들기만 하고 남의 말을 전혀 듣지 않는군!

훗스퍼 아버님, 보세요, 저는 저 악독한 모사 볼링브로크 얘기를 듣기만 해도, 회초리와 곤봉으로 얻어맞고, 개미에게 몰린 느낌으로 악이 받쳐 안절부절못합니다. 선왕 리처드의 재임 중, 그게 어디였더라? 그렇습니다, 빌어먹을, 글로스터셔였지요. 놈의 숙부였던, 난폭자 요크 공의 성채였습니다. 그곳에서 나는 처음으로 미소 짓는 왕 볼링브로크에게 무릎 꿇고 절을 했습니다. 그래요, 부친과 놈이 레이번즈퍼그에서 돌아왔을 때였지요.

노섬벌랜드 버클리성이었다.

훗스퍼 그렇습니다. 그때, 그 개새끼는 꼬리를 흔들고 나에게 달콤한 칭찬과 아양을 떨며 반가워했어요! "지금은 그대 운명 꽃망울이지만, 앞으로 꽃피는 날에는", "내 친구 해리 퍼시", 또는 "사랑하는 조카"라고 했습니다. 그런 사기꾼은 악마가 씹어먹어야 해! 신이여, 용서하소서! 숙부, 이야기하십시오. 저는 입 다물겠습니다.

우스터 더 계속하고 싶으면 하게나. 네 얘기가 끝날 때까지 기다리겠다.

훗스퍼 다 끝났습니다.

우스터 그렇다면 다시 한번 스코틀랜드인 포로 얘긴데, 그 사람들 몸값 없이 곧 석방하게. 그런 다음 더글러스 백작의 아들을 시켜 스코틀랜드에서 군사들을 모병하자. 자세한 것은 편지로 알려주겠다만, 여러 가지 이유로 그는 도와줄 것이다. (노섬벌랜드 백작에게) 그런데, 형님, 해리가 스코틀랜드에서 병력을 모으고 있을 동안, 형님께서는 고결하신 성직자이며, 만인의 존경을 받고 있는 대주교의 마음을 은밀하게 우리 품속에 넣어주시기 바랍니다.

홋스퍼 대주교라면, 요크 말씀입니까?

우스터 그렇다. 그는 왕에게 불만이 많다. 동생 스크루프 공이 브리스토에서 피살되었기 때문이다. 나는 억측만으로 이야기하고 있는 것은 아니다. 그럴는지 모르겠다가 아니라, 사실 그렇다고 믿고 있는 일을, 반추(反芻)하고, 계획하고, 확정지은 다음 말하고 있다. 지금은 그것을 실행에 옮길 기회가 우리 눈앞에 나타나기를 기다리고 있을 뿐이다.

홋스퍼 냄새가 납니다. 맹세코 그 일은 잘될 것입니다.

노섬벌랜드 너는 사냥감이 나타나기 전에 사냥개를 푸는 버릇이 있어.

홋스퍼 누가 뭐라 해도 이것은 멋진 계획이라 생각합니다. 그렇다면, 스코틀랜드의 우군(友軍)과 대주교의 사병들과, 모티머의 병력이 합류한다는 뜻이죠.

우스터 그렇다.

홋스퍼 그건 제대로 표적을 맞춘 겁니다.

우스터 왕위에 있는 자를 치는 것이니 무엇보다도 기선을 제압해야 한다. 그렇지 않으면 위험해. 우리가 아무리 얌전히 있어도, 왕은 언제나 입은 은혜를 생각해서 마음의 부담을 느끼고 있다. 어떤 방법으로든 마음의 빚을 갚지 않으면, 우리들이 불만을 갖고 있다고 멋대로 생각하게 되는 거야. 그 증거로 우리 집안 사람들에게 보내는 친근한 눈초리는 간 곳이 없고 남남으로 대한다면서.

훗스퍼 그렇습니다. 복수하지 않고는 견딜 수 없습니다.

우스터 일단 헤어지자. 해리. 앞으로의 일은 편지로 전하겠다. 그때까지는 더 이상의 망동을 해서는 안 된다. 곧 일이 터지겠지만, 때가 무르익으면, 내가 몰래 글렌다워와 모티머 경을 방문할 것이다. 너와 더글러스와 나의 군사들이 이미 짜여진 대로 합류하게 된다. 지금은 우리들 운명이 불확실하지만, 우리들 강력한 힘으로 우리들 운명을 힘껏 껴안도록 하자.

노섬벌랜드 작별이다, 동생이여, 우리는 성공할 것이다.

훗스퍼 잘 가세요, 숙부님, 시간이여 빨리 오너라. 전쟁터의 접전과 신음소리로 우리들 사냥을 축복하는 그날이여. (일동 퇴장)

제2막

제1장 로체스터, 여관 안마당

짐꾼 1, 초롱을 들고 등장.

짐꾼 1 어어이! 새벽 넉 점이다. 네 시가 아니면 내 목을 처라. 북두칠
성이 새 굴뚝 위까지 왔는데도 아직껏 말에 짐을 싣지 않았으
니. 야, 이놈, 마부야!

마 부 (안에서) 갑니다, 갑니다.

짐꾼 1 여보게 톰, 부탁하네, 말안장이야. 힘껏 때려서, 말안장 앞머
리에 털부스럭지 조금 넣어주게. 가엾게도 말 등이 벌겋게 닳
았어.

짐꾼 2 등장.

짐꾼 2 완두콩도 대두콩도 곰팡이가 슬어 썩었으니, 이런 것 먹이다
가는 말 창자 속에 구더기 슬겠네. 마부 로빈이 죽은 후, 이 여
관도 콩가루 집안이 다 되었구나.

짐꾼 1 불쌍한 녀석, 귀리 값이 오른 다음부터는 한 번도 쩅할 날이
없었어. 죽은 원인이 바로 그것이라네.

짐꾼 2 그건 그렇고, 형편없는 여관이야. 런던에서 이 집만큼 벼룩이

떼거지로 쏘는 집이 또 어디 있겠나. 나는 벼룩에 물려 살가죽이 송어 점박이처럼 되었네.

짐꾼 1 송어 등처럼! 정말이지, 어떤 임금님도 나를 꺾을 수 없을 거다. 첫닭이 우는 새벽이 시작된 이래로 나만큼 벼룩에 물린 사람 또 어디 있겠나.

짐꾼 2 그건 말이다. 우리에게 요강을 안 줬으니 그렇지. 모두들 난로에 싸버렸지, 뭐야. 그 오줌에서 벼룩이 생기는 거다. 미꾸라지에서 벼룩이 생기듯이 말이야

짐꾼 1 여보게, 마부 양반! 어서 오게나, 빨리 오라니깐, 이 양반아!

짐꾼 2 베이컨과 생강 뿌리 두 다발을 채링 크로스까지 배달해야 돼.

짐꾼 1 제기랄! 바구니 속 칠면조는 굶어죽게 생겼어. 여봐, 마부! 빌어먹을 자식, 네 눈엔 눈알이 박혔느냐? 너 귀머거리냐? 나 술 좋아하는데, 네놈의 골통 빠개는 것도 좋아할 것 같애. 싫다면 내가 못난 놈이지. 빨리 하라니깐, 이놈아! 네놈은 성의도 없어.

　　개즈힐 등장.

개즈힐 안녕하쇼, 짐꾼들. 지금 몇 신가?

짐꾼 1 두 시쯤 됐겠죠.

개즈힐 미안하지만, 자네 초롱을 좀 빌려주겠나? 마구간에 있는 내 말 좀 보러 가겠네.

짐꾼 1 안 될 말씀! 그 수작에 속을 내가 아니다.

개즈힐 그러면 자네 것을 빌려주게나.

짐꾼 2 네, 언제 드릴까요? 흥, 자네 것을 빌려달라고? 이것을 줄 바

에는 자네 목 졸라 죽이는 것을 보는 일이 낫겠다.

개즈힐 그건 그렇고, 자네가 런던에 도착하는 것은 몇 시쯤 되나?

짐꾼 2 도착해서 촛불 들고 잠자리 들 만한 시간은 될 겁니다. 그건 그렇고, 여보게나 머그스, 그 양반들 깨울 시간 다 되었네. 모두들 함께 출발해야지, 귀중한 봇짐들을 들고 있는 모양일세.

(짐꾼들 퇴장)

개즈힐 여보게! 지배인!

지배인 등장.

지배인 (무대 뒤에서) 네, 여기요. 소매치기 납신다.

개즈힐 지배인이나 소매치기나 마찬가지야. 네놈이 도둑질 계획을 짜니깐 말일세.

지배인 안녕하십니까, 개즈힐 어른. 모든 일은 어젯밤 말씀드린 대롭니다. 켄트의 산림지에 사는 지주가 삼백 마르크의 금화를 갖고 있습니다. 어제 저녁식사 때, 그 사람이 친구에게 그렇게 말하는 소리를 들었습니다. 그 친구라는 것이 회계 검사관인가 뭔가인 모양인데, 이놈이 또 말할 수 없이 엄청난 돈을 갖고 있답니다. 그들은 벌써 일어나서 버터로 구운 계란을 주문한 모양인데, 곧 출발할 겁니다.

개즈힐 알겠나. 만약에 그들이 성 니콜라스를 수호신으로 믿는 노상 강도를 만나지 않는다면, 내 목을 치게.

지배인 그 목덜미는 싫습니다. 그건 교수형 집행인에게 맡기세요. 어른께서도 성 니콜라스 수호신을 믿고 계시죠. 다른 악당들처럼 말입니다.

개즈힐　어째서 나에게 교수형 집행인 얘기를 하는가? 만약에 내 목이 매달리면 교수대에는 뚱보 두 사람이 매달리게 돼. 내가 매달리면, 존 경 영감도 매달리게 되지. 그 양반 깡마른 사람이 아니야. 그런데, 너 알겠니, 우리 속에는 네놈이 상상도 못 할 귀하신 몸이 계셔. 그분은 놀이 삼아 우리 편에 끼어들어서 우리 일을 빛내주고 있네. 만의 일 우리 일이 조사를 받게 되면, 이분의 체면 때문에 일이 잘 수습되도록 되어 있어. 우리는 거리의 부랑배들이 아니야. 곤봉을 휘두르며 푼돈을 강탈하는 좀도둑이 아니야. 콧수염 기른 뻘건 얼굴의 술주정뱅이가 아니야. 우리는 모두가 안락하게 살아갈 수 있는 고귀한 신분의 사람들이지. 모두가 고관대작들이야. 이런 분들은 입이 무거우셔. 입놀림보다는 주먹이 빠르신 분들이지. 마시는 것보다는 말하는 것을 좋아하는 분들이지. 기도보다는 마시는 것을 좋아하는 분들이지. 그런데, 이 말은 거짓말이다. 기도하는 것이 좋아서, 언제나 그들의 수호신인 국가를 위하여 기도를 하고 있다……라고 말하는 것보다는 뱃가죽을 위하여 기도를 하고 있다는 편이 낫겠네. 국가를 적당히 요리해서 짓밟고 먹어치우니깐 말일세.

지배인　아니, 국가를 요리해요? 나라가 그 사람들을 보호할까요?

개즈힐　하고말고. 하고말고. 높은 사람이 보호하고 있어. 우리는 안전하게 도둑질하네. 우리는 마술적인 은신술에 이용하는 양치(羊齒) 씨를 갖고 있기 때문에, 들키지 않고 다닐 수 있어.

지배인 그게 아닌데요. 들키지 않는 까닭은 윗사람 때문이 아니고, 야밤중 어둠 때문이죠.

개즈힐 좋아, 악수를 하자. 너에게도 전리품을 분배한다. 나는 약속을 지키는 정직한 사람이다.

지배인 아니올시다. 도둑인 당신이 거짓말하지 않고 주기 때문에 받아두겠습니다.

개즈힐 예끼 이놈. 그래, 인간은 모두 제 분수대로 이름이 있는 법이야. 마부에게 가서 마구간에서 말 끌어내라고 해. 잘 있거라, 멍청한 식충아. (퇴장)

제2장 개즈힐 근처의 대로

왕자 헨리와 포인즈, 피토 등장.

포인즈 자아, 빨리 숨어, 숨어라! 폴스타프의 말을 숨겨놨더니, 놈은 고무 칠한 우단처럼 성깔을 부리네.

왕 자 숨어 있거라! (그들은 숨는다)

폴스타프 등장.

폴스타프 포인즈! 포인즈, 뒈져라, 이놈아, 포인즈!

왕 자 (앞으로 나서면서) 시끄러워, 이 망나니 개자식아! 왜 떠들고 지랄이야!

폴스타프　포인즈 녀석 어디 있어, 할?

왕　자　언덕 위로 올라갔어. 내가 찾아보마. (모습을 감춘다)

폴스타프　저 도적 놈들과 한 패거리가 되지 않았어야 했는데. 저 악당 놈이 내 말을 훔쳤는데 어디다 묶어놓았는지 알 수 있어야지. 더 이상 걷지 못하겠네. 일 미터만 더 걸으면 숨 막혀 쓰러질 것이다. 저 악당을 죽이고도 교수형을 면할 수만 있다면, 극락왕생을 이룰 것이다. 나는 지난 22년간 저놈과 손을 끊겠다고 시간마다 맹세했건만, 만나기만 하면 마술에 걸린 듯 저놈의 손을 잡게 되네. 저놈이 나에게 사랑의 비약을 먹였는지도 몰라. 그게 틀림없어. 달리 생각할 수 없지 않은가. 내가 약을 삼켰을 거다. 포인즈! 할! 두 놈들 모두 뒈져라! 바돌프! 피토! 나는 죽어도 다시는 노상강도질 않겠다. 내가 저놈들과 손을 끊고, 진실남(眞實男) 되는 일이 술 마시는 일처럼 간단하게 되지 않는다면, 나는 세상 나고 처음 있는 대악당이다. 산길 8야드는 나에게 70마일 길이야. 그런데 지독한 놈들, 알면서도 내 생각 조금도 안 하네. 동기 간의 정분이 없는 놈들은 싹 뒈져 버려야 해! (그들은 휘파람 소리를 낸다) 휴! 야, 악당 놈들아, 모두 죽어라, 죽어! 내 말을 달라, 이 고얀 놈들아, 내 말을 달라, 개자식들아!

왕　자　(그늘에서 나오면서) 뚱보, 조용히 해. 엎드려! 엎드려서 귀를 땅에 대는 거다. 길가는 나그네들의 발자국 소리가 들리는가.

폴스타프　엎드리는 것은 좋으나, 나중에 나를 일으킬 지레가 있는가? 어림도 없다. 비록 네 어버이 국고 속에 있는 돈을 몽땅 준다

해도 나는 이 몸을 단 한 치도 움직이지 않겠다. 도대체 무엇 때문에 나를 이토록 골탕 먹이느냐?

왕 자 헛소리 말라. 골탕 먹이는 게 아니다. 말이 줄행랑쳤을 뿐이네.

폴스타프 부탁하네, 왕자님, 내 말 곁으로 데려다주게나.

왕 자 뭐야, 요 악당 녀석아! 내가 너의 마부냐?

폴스타프 네놈은 왕자 훈장 노끈으로 목을 감고 뒈져야 해! 알겠는가, 내가 잡히기만 해봐라. 몽땅 불어버리겠다. 알겠는가, 또 있어, 네놈들 얘기를 노래로 만들어서 지저분한 가락에 띄우겠다. 그렇지, 그래. 안 하고 배겨낼 내가 아니다. 내가 마시는 포도주가 독약이라도 좋다. 네놈들 장난이 도가 넘었어! 나는 그게 싫어.

　　개즈힐과 바돌프가 등장.

개즈힐 기다려. 움직이지 마!

폴스타프 기다리지. 움직이고 싶어도 움직일 수 없네.

포인즈 (피토와 함께 앞으로 나오며) 아, 저 사람은 망보라고 내세운 개즈힐이다. 목소리로 알 수 있지.

바돌프 상황은 어떤가?

개즈힐 얼굴을 가려야 해, 얼굴을. 복면을 써야 해. 국고로 갈 돈이 언덕을 내려오고 있어. 왕의 금고로 갈 돈이야.

폴스타프 엉뚱한 소리 말라. 요 악당아, 그건 선술집 금고로 갈 돈이다.

개즈힐　그만한 돈이면, 한평생 충분하지.

폴스타프　교수형 받을 만큼 충분하지.

왕 자　알겠는가, 너희들 넷은 이 오솔길을 지켜라. 나와 네드 포인즈는 더 낮은 곳에서 기다리겠다. 만에 하나 그놈들이 너희들을 피하더라도, 우리 손아귀에 들어오게 되어 있네.

피 토　그들의 숫자는 몇 명인가?

개즈힐　여덟이나, 열 명가량 된다.

폴스타프　그렇다면, 거꾸로 우리가 박살 나는 거 아니냐?

왕 자　겁나세요, 뚱보 선생?

폴스타프　나는 말라깽이가 아니다. 너희 할배는 그렇게 불렸다면서? 나는 결코 겁쟁이가 아니다, 할.

왕 자　그건 실험해보면 알지.

포인즈　여보게, 존, 네 말이 담 뒤쪽에 서 있네. 필요하면 가보게나. 거기 있네. 잘들 있게. 단단히 해야 하네.

폴스타프　교수형을 당해도 저 녀석만은 감쌀 수밖에 없어.

왕 자　네드, 변장 도구는 어디 있나?

포인즈　바로 여기 있죠. 숨어요, 숨어.

　　　　왕자와 포인즈 퇴장.

폴스타프　자, 제군들, 행운을 비네. 모두들 제자리에 가 있게나.

　　　　나그네들 등장.

나그네 1　자, 여러분들. 말은 젊은 사람에게 맡기고, 우리들은 조금 걸어봅시다. 내리막이니 그 편이 훨씬 낫겠습니다.

도적들 멈춰라!

나그네들 우와, 사람 살려!

폴스타프 때려눕혀라, 이놈들 목을 따라! 이놈 뚱보 시골뜨기, 베이컨 식충아! 이놈들은 우리 젊은이들을 적수로 삼고 있네. 때려눕 혀라, 깝데기를 벗겨라!

나그네 1 아아, 이젠 끝장이로구나. 목숨도 재산도 다 날렸네!

폴스타프 뭐야, 이 배불뚝이, 이젠 끝장이라고? 나불대지 마라, 요 뚱 보 촌놈아, 네놈의 재산을 이곳에 갖다 놓고 끝장내게 하고 싶 다. 오너라, 이놈, 베이컨 식충아, 해볼 텐가? 이놈들아! 젊은 이들은 살아야 해. 네놈들은 재벌들이냐? 네놈들 죗값으로 벌 줄 테니 맛 좀 봐라.

　도적들은 나그네들의 돈을 강탈하고, 몸을 묶은 다음 퇴장한다. 왕자 헨리와 포인즈 변장하고 등장.

왕　자 도적들이 착한 사람들을 묶어놓았는가. 이번에는 나와 너희 들이 도적들을 훔칠 차례가 되었다. 그리고 나서 런던으로 금 의환향하면, 이 이야기로 일주일은 즐길 수 있다. 한 달은 웃 으면서 지낼 수 있다. 죽을 때까지 농담거리로 만들 수 있다.

포인즈 숨어라, 숨어라. 놈들이 돌아온다. (그들은 숨는다)

　도적들 다시 등장한다.

폴스타프 자, 제군들, 이것을 나누어 갖고, 날이 밝기 전에 말을 타고 가자. 왕자와 포인즈는 천하의 겁쟁이로 판명났다. 세상에는 정의란 없는 것이다. 특히 그놈의 포인즈 녀석은 들오리만큼의 용기도 없구나.

왕 자 그 돈 넘겨라!

포인즈 이 악당들아! (도적들은 도망친다. 폴스타프는 한두 번 대들다가 노획물을 내버리고 달아난다)

왕 자 쉽게 해치웠네. 자, 의기양양하게 말을 타고 가자. 도적들은 혼비백산 흩어지고, 줄행랑쳤다. 너무나 겁에 질려 저희들끼리도 마주보려 하지 않았다. 자기 편을 관리로 오해했어. 가자, 네드. 폴스타프 녀석 개기름 질질 흘리며 땀범벅이야. 덕택으로 그가 걸어간 메마른 땅은 기름진 옥토가 되었네. 웃음이 터지지 않았다면 동정만은 해줄 수 있었어.

포인즈 뚱보 녀석 아우성치는 꼴 좋았다! (두 사람 퇴장)

제3장 워크워스 성내

홋스퍼 혼자서 편지를 읽으면서 등장.

홋스퍼 "전하, 저로서는 전하 일가(一家)에 대한 존경의 뜻을 품고 기쁜 마음으로 그곳에 갔습니다." ······기쁜 마음으로 갔다? 그렇다면 왜 안 가지? 일가에 대한 존경의 뜻이라? 알겠다. 우리 집안보다 그의 오두막집이 더 좋다는 것인가. 또 뭐라고 쓰여

져 있나? "당신이 뜻하신 계획은 위험천만한 것으로서……."
물론이지, 위험하다면, 감기도, 잠드는 일도, 술 마시는 일도
위험해. 하지만, 등신아, 이 쐐기풀 더미 속 위험을 헤쳐 나가
야 우리는 평화의 꽃을 딸 수 있어. "계획은 위험천만하고, 열
거한 동지들은 신뢰할 수 없고, 때는 무르익지 않았기에 강력
한 상대에 맞서는 일은 너무나 경솔한 일인 줄 압니다." 그런
가, 그렇단 말인가? 그렇다면, 여보게, 우리는 이렇게 말해주
마. 너는 경솔한 겁쟁이요, 촌뜨기요, 거짓말쟁이다. 얼빠진
놈이다! 하느님에 맹세코 말하지만, 우리들의 계획은 훌륭했
다. 이토록 신뢰할 수 있는 동지들은 일찍이 없었다. 훌륭한
계획, 믿을 수 있는 동지들. 성공은 의심할 여지가 없다. 훌륭
한 계획, 좋은 친구들, 그런데 이 무슨 냉담한 겁쟁이 악한인
가! 알겠는가, 요크 대사교(大司敎)가 이 계획을 지지하고, 행동
강령에 찬동하셨다. 이놈아, 네놈이 지금 여기에 있으면, 부인
의 부채로 네놈의 머리통을 깨버렸을 거다. 이쪽에는 나의 아
버님이, 나의 숙부가, 그리고 내가 있지 않는가? 에드먼드 모
티머 경, 요크의 대사교, 오웬 글렌다워가 있지 않는가? 그 밖
에도 더글러스 일가도 있지 않는가? 모두들 편지를 보냈다.
다음 달 9일까지 병사들을 이끌고 집결하겠다는 소식 아닌가?
이미 출동한 군졸들도 있지 않는가? 정말로 못난 이교도이며,
악한이며, 배신자가 아닌가! 아아! 인제 알겠다. 네놈은 골수
에 사무친 두려움 때문에 심장이 얼어붙어 왕 앞으로 가서 우
리들의 계획을 몽땅 털어놓을 작정이구나! 나는 이 몸을 둘로

쪼개어 서로 치고, 물고, 찢도록 놔두고 싶다. 크림 뺀 우유 같은 얼간이 놈한테 명예를 걸고 중대사를 털어놓고, 그놈을 동지로 끌어들였으니 말이야! 이놈, 뒈져버려라! 왕에게 고자질하겠으면 하라. 각오는 되어 있다. 오늘 밤 안으로 진격이다.

　　퍼시 부인 등장.

아아, 케이트, 두 시간 뒤에는 출발이오.

퍼시 부인　　아니, 여보, 왜 혼자예요? 지난 두 주일 동안 제가 어떤 실수를 했었기에, 저를 잠자리에서 멀리하셨나요? 제발 말해주세요, 무엇 때문에 당신은 식욕과, 쾌락과, 안면(安眠)을 잃으셨나요? 어찌해서 마냥 땅바닥만 보시고, 혼자 있을 때면, 갑자기 놀라서 벌떡 일어나시는지요? 생동감에 넘치던 얼굴은 어디로 갔는지요? 아내에게 줄 사랑의 보물도, 남편에게 줄 아내의 권리도 주지 않고, 어찌하여 무거운 사념 속에서, 깊은 시름에 빠져 있지요? 때때로 당신이 가벼운 잠을 자고 계실 때, 옆에서 깨어나 귀를 기울이면, 잠꼬대하듯 되풀이하는 것은 전쟁터 얘기뿐이었어요. 군마에 호령하며, "힘을 내라! 돌진이다!"라고 고함을 지르고, 돌격이며, 후퇴며, 참호며, 천막이며, 울타리, 교두보, 흉벽, 바실리스크포, 캐논포, 컬버린포, 포로의 몸값, 전사한 병사 등의 격렬한 전투 얘기만 하고 있어요. 이토록 당신의 마음속에는 전투가 진행되고 있기 때문에, 수면 중에도 마음이 산란해지지요. 이마에는 구슬 같은 진땀이 맺혀 있고, 그것은 방금 강물을 휘저어 만든 물거품 같았어

요. 갑작스럽게 중대한 명령을 받은 사람이 숨을 죽일 때 나타
내는 그런 표정이 당신의 얼굴에는 보였습니다. 이 모든 것이
무엇을 말하는 징조입니까? 당신은 심상치 않은 중대한 일을
마음에 품고 계시는 듯해요. 말해주세요. 그것이 무엇인지. 저
를 사랑하신다면.

홋스퍼 여봐라! (하인 등장) 길리엄스는 편지 갖고 출발했는가?

하 인 네, 한 시간 전에 갔습니다.

홋스퍼 버틀러는 주(州) 장관으로부터 그 말들을 끌고 왔는가?

하 인 방금 한 마리만 끌고 왔습니다.

홋스퍼 어느 말이냐? 귀를 자른 적갈색 말인가?

하 인 네, 그렇습니다.

홋스퍼 그 적갈색 말을 나의 왕좌로 삼겠다. 곧, 그 말을 타겠다. 아,
희망이여! 버틀러에게 말해서 그 말을 뜰 안으로 인도하라. (하
인 퇴장)

퍼시 부인 여보.

홋스퍼 무엇인가?

퍼시 부인 무엇 때문에 황급히 떠나십니까?

홋스퍼 말[馬]이다, 내 사랑인 그 말이 나를 몸살 나게 하고 있다.

퍼시 부인 맙소사, 정신이 나간 원숭이로군! 족제비도 당신 같은 발작
을 일으키지는 않을 것입니다. 해리, 당신의 일이 무엇인지 알
아야겠습니다. 꼭 알아야겠어요. 틀림없이 동생 모티머가 왕
위 계승권 때문에 출동한 모양이군요. 그래서 그가 편지를 보
내 당신의 지지를 요청했지요. 그러나 동생한테까지 ―.

홋스퍼 걸어간다면, 나도 피곤할 것이다.

퍼시 부인 여보, 여보, 어리석은 앵무새 양반, 제가 묻는 이 질문에 대답하세요, 해리, 정말이지 모든 것을 털어놓지 않으면, 당신의 손가락을 부러뜨릴지도 몰라요.

홋스퍼 물러가라. 물러가라, 귀찮다! 사랑이건 무엇이건! 그렇다, 나는 당신을 사랑하지 않는다, 케이트, 지금은 인형을 쓰다듬고, 입술을 맞대며 희롱거리는 그런 때가 아니다. 코피를 쏟고, 대가리를 부수는 그런 세상이 되었다. 지금 유행하는 것은 그런 것들이다. 좌우지간, 내 말을 대령하라! 케이트, 아직도 나에게 용무가 있는가?

퍼시 부인 정말로 저를 사랑하지 않으십니까? 좋아요, 당신이 저를 사랑하지 않는다면, 나도 사랑하지 않겠어요. 나를 사랑하지 않아요? 진담인가요, 농담인가요?

홋스퍼 나를 전송해주시오, 말을 타면 그때 내가 맹세하리다. 당신을 무한히 사랑한다고 말하리다. 하지만 케이트, 들어요. 앞으로는 어떤 질문도 허락하지 않겠소. 내가 어디로 가는지, 무엇을 하러 가는지, 묻지 마오. 나는 가지 않으면 안 되는 곳으로 가야 하오. 말하자면 오늘 밤, 당신을 놔두고 가야 하오. 확실히 당신은 총명하오, 하지만 그 총명함도 해리의 아내라는 울타리를 넘으면 안 되오. 당신은 정숙하지요, 하지만 여자는 여자. 비밀 지키는 일은 당신 이상 따를 사람은 없소. 당신인들 모르는 일을 입 밖에 낼 수는 없기 때문이오. 케이트, 그 점에 관해서는 당신을 믿소.

퍼시 부인　그 점에 관해서만?

핫스퍼　그렇소. 어디까지나, 그 한도 내에서죠. 하지만 케이트, 내가 가는 곳에 당신도 가오. 오늘은 내가 가오, 내일은 당신이 가오. 케이트, 이만하면 만족하오?

퍼시 부인　그럴 수밖에 도리가 없지요. (퇴장)

제4장　이스트치프, 보어스헤드 선술집

　　왕자 헨리 등장.

왕　자　여보게, 네드, 답답한 방 안에서 나와서 내 농담이나 거들면서 웃어나 보세.

　　포인즈 등장.

포인즈　전하, 어디 있었지요?

왕　자　얼빠진 녀석 서너 명과 함께 육칠십 개 술통 속에 있었네. 내 스스로 몸을 낮춰 시골뜨기들과 함께 어울렸지. 선술집 급사 세 명과 의형제를 맺었네. 톰, 딕, 프랜시스라고 터놓고 이름을 부르면서 말이야. 녀석들 영혼을 걸며 맹세하면서 말했는데, 내가 신분은 태자지만 예절은 벌써 임금님 다 되었다는 거야. 솔직히 말해 폴스타프처럼 으스대는 멍충이는 아니고, 유쾌한 술친구들이야. 성미가 부드럽고, 용감하며, 기분 좋은 형님이라고 사실상 말했어. 내가 영국의 국왕이 되면, 이스트치프의 젊은이들은 모두가 나를 따를 거라는 거지. 그들은 술 마시는 일을 "딸기코 만들자"라고 한다네. 그리고 술 마실 때 한숨 돌리면, "에헴!" 하면서 "잔 비워라!" 성화야. 덕분으로 나는 십오 분도 지나지 않고 대단한 술꾼이 되었네. 앞으로는 한평생 어떤 술고래 땜장이를 만나더라도 그들의 은어를 섞어가며 맞상대 부를 수 있게 되었어. 네드, 자네는 나와 함께 이 일에 참가하지 못했으니 사나이의 명예를 잃은 꼴이 되었어. 하지만, 네드, 너의 달콤한 얼굴을 더욱더 달콤하게 만들기 위해서, 백포도주에 넣는 이 설탕을 주겠다. 조금 전에 보조 급사가 내 손에 쥐여준 것이네. 이들은 한평생 "8실링 6펜스입니다"라든가, "어서 오십시오"라든가, 목따는 소리로 "네 갑니다, 갑니다! 반월실(牛月室) 손님에게 바스타드 포도주 1파인트 올려!"라는 영어 이외에는 할 말이 없다는 거야. 그런데, 네드, 폴스타프가 올 때까지 시간을 보내기 위해, 자네는 옆방에 가 있고, 나는 보조 급사를 불러 무엇 때문에 설탕을 주었는지 알아봐야겠다. 그리고 너는 끊임없이 "프랜시스, 프랜시스!"라고 불러대라, 그러면 "갑니다, 곧 갑니다"라고 외칠 것이다. 자 숨거라. 내가 본보기를 보여주마. (포인즈 퇴장)

포인즈　(안에서) 프랜시스!

왕 자　잘한다.

포인즈　(안에서) 프랜시스.

보조 급사 프랜시스 등장.

프랜시스   갑니다, 갑니다. 랠프, 석류실(石榴室) 부탁하네.

왕 자   이리 오게 프랜시스.

프랜시스   네, 대령했습니다.

왕 자   프랜시스, 앞으로 몇 년 더 일하나?

프랜시스   네, 앞으로 오 년에다가, 그리고…….

포인즈   (안에서) 프랜시스!

프랜시스   갑니다, 갑니다.

왕 자   오 년이나! 양은 컵을 딸랑거리기에는 긴 세월이로구나. 그런
데, 프랜시스, 너는 겁쟁이 만용을 부려 계약문서를 위반하여
도망칠 생각은 없는가?

프랜시스   거야, 영국 땅 천지에 있는 성경책에 맹세합니다만, 마음속
에서는 언제나…….

포인즈   (안에서) 프랜시스!

프랜시스   네, 갑니다.

왕 자   프랜시스, 너 몇 살이냐?

프랜시스   가만 있자…… 이번 미카엘 축제 때가 되면…….

포인즈   (안에서) 프랜시스!

프랜시스   곧 갑니다. 나으리, 잠깐만 기다려주십시오.

왕 자   아니, 내 말 들어봐라. 프랜시스, 네가 준 그 사탕은 일 페니짜
리지?

프랜시스   사실은 이 페니짜립니다!

왕 자 아니다, 그 값으로 천 파운드 주겠다. 언제든지 원할 때 말하라. 내가 주마.

포인즈 (안에서) 프랜시스!

프랜시스 지금요, 지금요.

왕 자 아니, 지금 달라고? 지금은 안 돼. 내일 주마, 프랜시스. 안 되면, 목요일. 여보게, 프랜시스, 언제든지 네가 원할 때 말이다. 그런데, 프랜시스!

프랜시스 네, 나으리.

왕 자 너 이 가죽 조끼와 수정 단추, 짧게 깎은 머리와 호박 반지, 긴 갈색 양말과 양모 대님, 스페인 가죽 배낭에 입담 좋은 혀끝…… 이 모든 것을 훔칠 생각이냐?

프랜시스 나으리, 어느 분을 지칭하는 말씀입니까?

왕 자 그러냐, 그걸 모른다면 평생 이 가게에서 갈색 바스타드 술이나 퍼마시면 되겠다. 알겠는가, 프랜시스, 네 흰 조끼에 때 묻겠다. 설탕 산지인 바르바리에서는 사탕 값 일 페니가 천 파운드로 껑충 뛰지 않거든.

프랜시스 어찌된 영문인지 알 수 없네요?

포인즈 (안에서) 프랜시스!

왕 자 빨리 가봐라, 이놈, 부르는 소리가 들리지 않는가? (왕자와 포인즈가 교대로 부르는 바람에 프랜시스는 어느 쪽으로 가야 할지 몰라 당황하고 있다)

　　　이윽고 술집 주인 등장.

주 인 너, 거기 왜 서 있나? 안에서 부르지 않는가? 안방 손님한테 가 봐라. (프랜시스 퇴장) 헌데, 나으리, 존 경이 대여섯 명의 친구들 과 막 도착했는뎁쇼. 안으로 모실까요?

왕 자 잠시 내버려두게. 나중에 천천히 들여보네. (주인 퇴장) 포인즈!

　　　포인즈 다시 등장.

포인즈 왔습니다, 왔습니다.

왕 자 여봐라, 폴스타프가 도적들과 함께 여기 당도한 모양이다. 한 바탕 놀아볼까?

포인즈 귀뚜라미처럼 놀아봅시다. 그런데 보조 급사를 그렇게 놀려 대서 무슨 재미가 있습니까? 무슨 덕을 보자는 거죠?

왕 자 나는 지금 여러 가지 재미를 맛보고 있는 중이야. 그 옛날 아 담의 시대로부터 오늘 밤 현재 열두 시, 갓 태어난 시간에 이 르기까지 인간으로서 온갖 것을 맛보고 있는 중이다.

　　　프랜시스 재등장.

지금 몇 시인가, 프랜시스?

프랜시스 네, 지금은, 지금 말씀이죠? (퇴장)

왕 자 저놈은 앵무새보다도 더 말을 못 하구나. 저것도 여자 뱃속에 서 태어났다니, 원! 하는 일이란 계단 오르내리는 일뿐이고, 말주변은 계산서 읊어대는 일이야. 하지만, 포인즈, 나는 북방 나라 용감한 홋스퍼의 기분을 낼 수는 없구나. 그는 조반 전에 스코틀랜드인을 칠팔십 명 난도질하고 손을 씻으면서 부인에게 "이런 태평세월은 못 견디겠다! 내 팔뚝이 울고 있다"라고 말했다는 거야. 그러면 부인은 "해리, 오늘은 몇 명 죽였어요?"라고 묻는다는 거지. 그러면, 한 시간 뒤에 그는 "말에 약을 먹여"라고 말하면서, "열너댓 명 되겠지…… 보잘것없어"라고 대답하는 거야. 여봐라, 폴스타프를 불러와. 내가 퍼시 역을 하고, 그 먹충이 돼지는 모티머 부인 역을 시켜보겠다. "신바람 난다!"라고 그 주정뱅이는 외치겠지. 살찐 갈빗대를 불러들여. 비곗덩어리 말이다!

폴스타프, 개즈힐, 바돌프, 피토 등장. 프랜시스가 포도주를 들고 뒤를 따른다.

포인즈 야, 잘 왔다, 잭! 어디 가 있었나?

폴스타프 뒈져버려, 비겁한 놈들! 정말이다, 이놈들 지옥에나 떨어져라! 술을 다오. 이놈아(프랜시스에게). 이런 꼴을 당하고 오래 살기보다는 차라리 양말이나 짜고, 깁고, 밑바닥 대는 일 하는 게 낫겠다. 비겁한 겁쟁이들은 천벌을 받아야 해! 이 자식아(프랜시스에게), 술 달라고 했지! 용기는 티끌만큼도 남지 않았단 말인가? (술을 마신다)

왕 자 여보게, 태양이 핥아내는 버터를 본 적이 있는가? 은혜로운 태양의 달콤한 사랑의 키스로 녹아버린 기름 덩어리가 땀을 질질 흘리는 저 모습을 보아라.

폴스타프 (프랜시스에게) 요놈, 이 술에 석회를 넣었구나. 못된 놈 하는 일이 제대로 되는 게 없지. 하지만, 비열한 놈과 비한다면, 석회 넣은 포도주가 낫다. 악랄한 비겁자! 잭이여, 언제 죽더라도, 너의 길을 당당히 가거라. 사내다운 용기는 이 세상에서 사라진 지 오래되었다. 아니면, 나는 알을 깐 청어와 같다. 이 영국 땅에 목이 붙어 있는 선한 사람은 세 사람뿐이다. 그중 한 사람은 나이 든 비대한 사람이다. 아, 더러운 세상이다. 차라리 직조공이나 되어 찬송가든 무엇이든 노래나 부르며 살았으면 좋겠다. 정말이지, 비겁한 자는 죽어야 한다!

왕 자 왜 이러나, 털보 양반. 뭘 투덜대고 있지?

폴스타프 왕의 아들이라고? 목도(木刀)를 휘둘러서 네놈과 부하 놈들을 들오리 내쫓듯 모조리 이 왕국에서 쫓아내겠다. 그 일도 할 수 없다면 나는 두 번 다시 이 턱에 수염을 기르지 않겠다. 네놈이 왕자냐?

왕 자 뭐라고, 이 더러운 뚱보야, 왜 이래?

폴스타프 너, 겁쟁이지? 대답해봐. 거기 있는 포인즈도 대답해봐라.

포인즈 이 자식, 배불뚝이 녀석, 나를 겁쟁이로 만드네! 이놈 찔러 죽이겠다. (칼을 뽑는다)

폴스타프 내가 자네를 겁쟁이라고 불렀다고? 그게 아니다. 네놈이 지옥에 떨어지는 것을 보는 한이 있더라도, 네놈을 겁쟁이라고 부르고 싶지는 않다. 하지만 삼십육계 뺑소니 시합은 천 파운드 걸어도 좋다. (왕자 등 뒤에 숨으면서, 왕자 등을 보고) 등 뒤가 볼만하네. 이 정도 등이면 누구한테 보여도 부끄럽지 않다. 그러니 누구한테도 등을 예사로 바쳐주지. 그런 짓을 후원이라 부를 수 있는가? 별난 후원도 다 있구나! 뒤가 아니라, 정면에서 나와 대항할 놈을 끌고 와! (프랜시스에게) 술을 다오. 오늘은 아직 한 잔도 입에 대지 않았다.

왕　자　거짓말 마라, 이 악당아! 조금 전에 마신 입술이 아직도 마르지 않았어.

폴스타프　어느 쪽이든 마찬가지다. (마신다) 뒈져버려라, 비겁한 자여!

왕　자　왜 이러는 거냐?

폴스타프　왜 그러냐? 우리 네 사람이 천 파운드를 후렸단 말이다. 오늘 아침에.

왕　자　그 돈 어디 있나, 잭, 어디 있나?

폴스타프　어디 있냐구? 강탈당했어. 우리 네 사람에 백 명이 달려들었으니 어쩔 수 없었네.

왕　자　뭐, 백 명이라고?

폴스타프　정말이지, 거짓말 안 보태고, 나는 두 시간 동안이나 그놈들 수십 명을 상대로 혈전을 벌였지. 이렇게 살아남은 것은 기적이야. 조끼가 찔린 것이 여덟 번이요, 바지는 네 번, 방패는 마구 찔리고 또 찔리고, 칼날은 톱날같이 되었다. 보아라, 이 칼의 증거를! 이토록 모질게 싸워본 일이 여태껏 없었다. 그런데 이 모든 일이 허사가 되었다. 뒈져버려라, 비겁한 자들아! 저 친구들한테 물어보아라. 저놈들이 사실대로 말하지 않으면, 놈들은 악당들이다. 악마의 새끼들이다.

왕　자　말해보아라, 어떻게 되었는가?

개즈힐　우리 넷은 수십 명을 상대로…….

폴스타프　적어도 열여섯 명은 되었다.

개즈힐　그놈들을 묶었지요.

피 토　아니다, 아니다, 묶지는 않았어.

폴스타프　이 자식들아, 그놈들을 묶었어. 한 놈도 남기지 않고. 내가 헛소리하면 유대인이지. 진짜배기 유대인이야.

개즈힐　우리들이 분배하고 있을 때, 새로운 놈 예닐곱 명이 쳐들어 왔어……

폴스타프　묶였던 놈들이 풀리더니, 새로운 패거리들이 가세했어.

왕 자　그래서, 그놈들 모두와 상대해서 싸웠단 말이냐?

폴스타프　모두라? 네가 말하는 모두가 무슨 뜻인지는 모르겠지만, 내가 상대한 놈들은 어림잡아 오십 명이야. 내 말이 거짓이라면, 나는 한 다발의 열무가 된다. 쉰두서너 놈이 가엾게도 늙은 잭한테 달려들었어. 이 말이 거짓이라면 나는 두 발 달린 인간이 아니다.

왕 자　설마 자네가 그들 몇 사람을 죽이지는 않았겠지?

폴스타프　아니야, 지금 와서 말해봤자 소용없지만, 그들 중 두 사람을 해치웠어. 틀림없이 두 녀석을 저 세상으로 보냈지. 고무칠한 옷을 걸친 두 악당을 처치했어. 알겠는가, 할. 내 말이 거짓말이면, 이 얼굴에 침을 뱉고, 나를 바보 새끼라고 불러도 좋다. 내가 잘하는 방어 자세, 너는 알지? 이렇게 자세를 취하고, 칼 끝을 이렇게 겨냥했어. 그때 고무칠한 복장의 악당 네 놈이 나를 향해……

왕 자　네 놈이라고? 방금 둘이라고 했지.

폴스타프　네 놈이야, 할, 네 놈이라고 말했지.

포인즈   맞아요, 맞아. 넷이라고 말했어.

폴스타프   네 놈이 정면으로 나를 향해 돌진했어. 나는 침착하게 그놈
들 일곱 개의 칼끝을 방패로 이렇게 받아넘겼어.

왕 자   일곱이라고? 방금 네 놈이라고 말했지?

폴스타프   고무칠한 복장의 악당이?

포인즈   그래, 고무칠한 복장의 악당이 넷이라고 말했어.

폴스타프   일곱 놈이야. 이 칼자루에 걸고 맹세하네. 내 말이 거짓이라
면, 나는 악당이네.

왕 자   내버려둬라. 조금 있으면 또 불어날 테니.

폴스타프   내 말 듣고 있는가, 할?

왕 자   듣고 있지, 한마디도 놓치지 않고 듣고 있네, 잭.

폴스타프   잘 듣게나. 들을 만한 가치가 있으니. 그런데 말이다, 방금
말한 고무칠 복장의 악한들 아홉 명은 말이다…….

왕 자   봐라, 벌써 두 명이 늘었어.

폴스타프   그들의 칼끝이 부러져서…….

포인즈   걸친 바지가 흘러내려서…….

폴스타프   뒤로 물러가기 시작하자, 나는 그 틈에 완벽한 자세로 수족
을 맞춰 당당하게 육박하여 전광석화로 열한 명 중 일곱을 처
치했어.

왕 자   해괴망측한 일이로다! 두 놈의 고무칠 복장 악당으로부터 열
한 명이 튀어나왔으니!

폴스타프   그러나 일이 엉망으로 꼬였어. 암록색 켄덜 천으로 만든 복장
차림의 고약한 세 놈이 등 뒤에서 덤벼들지 않겠나. 주변은 칠

흑 같은 어둠이 깔려서 내가 내 자신의 손도 보이지 않았네, 할.

왕　자　거짓말이다. 너를 태어나게 한 아버지 같은 거짓말이로구나. 태산같이 커서 누구에게나 명백한 거짓말이로다. 이놈, 흙덩이 대가리, 식충이 바보 놈아, 더럽고 음탕한 기름통 같은 놈……

폴스타프　뭐야? 너 미쳤나? 미쳤나? 사실이 아니란 말인가?

왕　자　캄캄해서 네 손도 보이지 않았다고 말하면서, 어떻게 암록색 켄덜 천 패거리를 볼 수 있었단 말인가? 그 이유를 말해봐라. 잭, 답변해봐!

포인즈　그렇다, 그렇다, 그 이유를 말하라. 잭, 그 이유 말이다.

폴스타프　아니, 나한테 답변을 강요할 셈인가? 어림도 없다. 나를 매달아 올려도, 어떤 고문기계에 걸어봐도, 강제로 입을 열 내가 아니다. 강요당하면서 내가 답변을 해? 밝힐 이유가 흑딸기만큼 가득히 널려 있어도, 나는 압력을 받고는 말할 수 없다.

왕　자　더 이상 거짓말 밝히는 죄를 짓고 싶지 않다. 이 용맹무쌍한 겁쟁이, 잠벌레, 말등만 상하게 하는 놈, 고깃덩어리……

폴스타프　뭐라고, 이 굶어 죽을 놈, 장어 껍질 같은 놈, 소 혓바닥 말린 놈 같으니. 이놈, 소 콩팥 같은 놈, 북어 대가리…… 아, 너 닮은 것을 말하려니 숨이 막힌다! 너, 양복쟁이 자(尺) 같은 놈, 칼집 같은 놈, 활통 같은 놈, 가늘고 긴 쌍날칼 같은 놈!

왕　자　그 정도에서 한숨 돌리고 계속하면 좋겠다. 그리고 나서 엉터리 비유에 지치면, 내 말을 듣는 것이 좋겠다. 하고 싶은 말은 꼭 한 마디뿐이다.

포인즈   잭, 잘 들어.

왕 자   우리 두 사람은 너희 네 사람이 네 사람의 나그네를 습격하고, 그들을 묶은 후 돈을 강탈하는 것을 보았다. 알겠는가, 그 후의 얘기를 내가 하면 너는 찍 소리 못 낼 것이다. 우리 두 사람은 너희 네 놈들을 덮쳤다. 한마디 고함 소리에 네놈들은 벌벌 떨고 금품을 내놓았어. 그래서 덥석 들고 왔다. 지금 이 집에 그 보물이 있다. 하지만, 폴스타프, 너는 그 몰골을 하고 용케도 잽싸게 달아났어. 살려달라고 아우성치며 뛰고, 뛰면서 아우성치는 네 비명 소리는 송아지 울음소리 저리 가거라였네. 정말이지, 너라는 녀석은 참으로 비겁한 놈이야. 칼날을 일부러 톱니처럼 만들고, 전투하느라 그렇게 되었다고 뇌까리고 있으니! 자, 이제 어떤 속임수로, 어떤 책략으로, 어떤 구실로 이토록 명백한 치욕으로부터 몸을 숨길 것인가?

포인즈   말해봐, 잭, 이번에는 어떤 계략을 쓸 것인가?

폴스타프   실은, 그게 자네였다는 것은 너를 만든 조물주처럼 나도 알고 있었네. 하지만, 여러분, 내가 왕국의 계승자를 죽여도 됩니까? 명명백백한 왕자님에게 칼을 들이대도 되는 겁니까? 물론, 나는 여러분이 아시다시피 헤라클레스 못지않은 용사입니다. 그러나 본능이란 무서운 것. 사자도 진정 왕자에게는 손을 대지 않습니다. 본능이란 대단한 것입니다. 본능 때문에 나는 그때 겁났어요. 나는 나 자신과 여러분을 평생토록 다시 보기로 했습니다. 나는 용감한 사자이고, 여러분은 진정한 왕자님이다라고 말입니다. 좌우지간, 나는 기쁘다, 기뻐, 자네가 그 돈을 손에 넣었다니 말일세. 여봐라, 주모, 문을 닫아요! 오늘밤은 마시면서 새운다. 기도는 내일 하면 되는 거야. 아, 여러분, 멋쟁이들, 젊은이들, 황금 같은 마음씨를 지닌 양반들, 온갖 계급을 지닌 유쾌한 친구들이여, 오세요, 오세요! 한바탕 마시고 흥겹게 놉시다! 즉흥연극이라도 해볼 거냐?

왕 자 좋다. 연극의 주제는 "폴스타프 줄행랑쳤다"로 하자.

폴스타프 할, 그 얘긴 그만해두자. 우리는 친구가 아닌가.

　　　　선술집 주모 등장.

주 모 아아니, 왕자님 아니세요?

왕 자 아아니, 이건 누구야, 주모님 아니세요?

주 모 실은 방금 궁전에서 오신 귀족 한 분이 현관에 나타나셨는데, 왕자님을 뵙고 싶다는 거예요. 국왕께서 보내신 분이랍니다.

왕 자 그분에게 어울리는 품삯을 주어 우리 어머님한테 다시 보내버려라.

폴스타프 어떻게 생긴 남잔데?

주 모 노인 양반이죠.

폴스타프 노인 양반이 이 밤중에 잠자리에서 기어 나오다니? 내가 나가서 접대할까?

왕 자 잭, 제발 부탁하네.

폴스타프 알았어. 내가 쫓아버리고 올 테니, 걱정 마.

왕 자 그런데, 너희들, 너무나 잘 싸웠다. 너, 피토, 너, 바돌프, 잘 싸웠다. 너희들은 확실히 사자들이다. 본능에 따라서 도망치고, 진짜 왕자에게는 손을 내밀지 않았다. 결코 손을 대지 않았다!

바돌프　나는 남들이 도망치기에 나도 도망쳤어.

왕 자　정말이지, 이것만은 진정으로 대답해다오. 폴스타프의 칼날이 왜 톱니처럼 되었는가?

피 토　그건 단도로 난도질한 것입니다. 그리고는 영국에 남아 있는 모든 진실을 두고 맹세한다면서, 이 톱니칼은 전투 중에 생긴 것이라고 왕자님에게 얘기해서 믿도록 만들겠다는 것입니다. 우리들에게도 그렇게 말하라고 권했습니다.

바돌프　맞습니다. 그리고는 긴 창 모양의 풀잎으로 우리들 콧구멍을 쑤셔 피가 나게 하고는, 그 피를 옷에 바르고 나서 나그네들의 피라고 말하도록 시켰습니다. 나는 지난 칠 년간 한 번도 해보지 못한 일을 하게 되었는데, 그놈의 끔찍한 속임수를 듣고는 얼굴이 붉어졌지요.

왕 자　이놈, 거짓말 마라. 너는 십팔 년 전에 술 한잔 마시고 도망치다 잡힌 적이 있어. 그런 일이 있은 후, 너는 툭하면 얼굴이 붉어지더라. 얼굴 콧등은 벌겋게 타오르고 허리춤에는 칼을 차고 있으면서 너는 뺑소니 쳤다. 그건 무슨 본능 때문인가?

바돌프　보세요, 왕자님, (자신의 붉은 코를 가리키며) 이 얼굴에 나타난 붉은 별똥별이 안 보입니까? 이 불타는 유성 말입니다.

왕 자　응, 잘 보인다.

바돌프　이것이 무엇을 나타내는 징조인지 아시죠?

왕 자　물론이지. 간장(肝臟)병과 싸늘하게 텅 빈 지갑이다.

바돌프 울화가 머리끝까지 치밀었다는 뜻입니다.

왕 자 아니다. 오랏줄이 목구멍을 감는다는 뜻이 된다.

　　폴스타프 다시 등장.

여기, 말라깽이 잭이 오네. 홀쭉이 뼈다귀가 왔네. 어떻게 되었는가. 배때기에 솜을 쑤셔 넣은 양반아! 잭, 몇 년 되었는가, 자신의 무릎을 볼 수 없게 된 것이?

폴스타프 내 무릎? 할, 내가 너의 나이였을 때, 허리가 독수리 발톱만 했지. 어르신네들 손가락 반지 속을 빠져나갈 정도였으니깐. 그런데 한숨과 슬픔의 고통으로 방광처럼 몸이 부었어. 그건 그렇고, 흉측한 소문이 떠돌고 있네. 국왕으로부터 온 사람은 존 브레이시 경인데, 내일 아침 왕자께서 입궐하라는 분부가 내렸네. 북쪽의 미치광이 퍼시와, 웨일스의 미친놈, 악마 아메이몬을 몽둥이로 때리고, 악마 왕 루시퍼의 마누라를 강탈하고, 마왕에게 웨일스 농부의 갈고리 십자가에 걸어 부하가 되겠다고 맹세한 놈, 이름이 뭐였더라, 그놈 있지?

포인즈 그래, 맞아요, 글렌다워.

폴스타프 오웬, 오웬, 그래 그놈이야. 그리고 그놈의 사위 모티머와 늙은 노섬벌랜드와 스코틀랜드인 가운데서 힘이 장사인 더글러스, 깎아 세운 절벽을 말을 타고 오르는 놈…….

왕 자 바람처럼 말을 타고 나르면서, 나르는 새를 권총으로 쏘는 놈이지.

폴스타프 바로 그놈이야.

왕 자   그런데 총알이 새를 비껴갔어.

폴스타프   여하튼 용기 있는 놈이야. 그런데 달리지는 않아.

왕 자   너는 줏대 없는 악당이네. 조금 전에는 그놈이 잘 달린다고 칭
찬했었지!

폴스타프   멍청한 놈, 말을 타면 달리지만, 땅 위에 서면 한 발짝도 움
직이지 못한단 말이다.

왕 자   잭, 그것도 본능 탓인가?

폴스타프   그렇다네. 본능 탓이야. 그런데, 그놈 이외에 모데이크란 놈
도 있어. 그리고 푸른 모자를 쓴 스코틀랜드인 병사가 천 명이
야. 우스터 백작도 어젯밤 몰래 적진으로 합세했다네. 그 소식
을 듣고 자네 아버지 턱수염이 허옇게 세었어. 이렇게 되면 토
지는 썩은 고등어 헐값으로 사들일 수 있어.

왕 자   그렇군, 이 상태로 유월까지 내란이 계속되면 구두징 살 돈으
로 처녀를 마구 살 수 있겠네.

폴스타프   그래 맞다. 자네 말대로야. 우리도 장사 속이 알차겠어. 그
런데, 말해보게나, 할. 자네 무섭지 않은가? 아무리 자네가 왕
위 계승자라 할지라도, 이 넓은 세상에서 저토록 무서운 적수
셋을 골라잡을 수는 없어. 귀신 잡는 더글러스. 마귀 같은 퍼
시, 천하 악당 글렌다워. 자네, 정말 무섭지 않은가? 겁에 질려
피가 얼어붙지 않는가?

왕 자   조금도 무섭지 않다. 나는 자네 같은 본능이 없는 모양이야.

폴스타프   알겠다. 그런데, 자네 내일 부친 앞에 가면 호되게 야단 맞
을 거야. 친구 사이니깐 말해두지만, 미리 답변 연습해두게나.

왕 자 자네가 아버지라고 가정해서 나의 행적을 낱낱이 물어보게나.

폴스타프 내가? 좋아! 이 의자가 옥좌다. 이 단검이 왕홀(王笏)이다. 이 방석이 왕관이다.

왕 자 그 옥좌는 조립식 의자요, 황금의 왕홀은 납덩이 단검이며, 고귀한 금관은 가련한 대머리로구나.

폴스타프 성은(聖恩)의 불길이 아직도 그대 가슴에 남아 있다면, 내 말에 그대는 감동을 받을 것이다. 술 한 잔 다오. 한 잔 걸치고 눈을 벌겋게 만들어야 한다. 내가 낙루(落淚)한 것처럼 만들어야지. 나는 비탄 속에서 대사를 해야 하기 때문이다. 나는 캄비세스 왕(기원전 6세기 페르시아의 왕―역자 주)이 하는 식으로 대사를 읊어야지.

왕 자 자아, 이렇게 나는 절을 하겠습니다.

폴스타프 그러면 나는 이렇게 대사를 시작하겠다. 경들이여, 잠시 자리를 비켜다오.

주 모 어머나, 정말 재미있는 연극이 되겠어요.

폴스타프 왕비, 울지 마오. 눈물을 흘려도 소용이 없소.

주 모 어찌된 일이세요? 아주 위엄 있는 얼굴을 하고 있네.

폴스타프 경들이여, 슬픔에 잠긴 왕비를 모시고 나가시오. 눈물이 그녀 눈의 수문(水門)을 막아버리겠소.

주 모 정말이지, 내가 본 떠돌이 배우처럼 하네!

폴스타프 조용히 해, 대포집 술단지야. 술바가지 아낙네야. 그런데, 할, 나는 네가 뻗질나게 다니는 장소만이 아니라, 네가 사귀는 친구들 때문에 적잖이 놀라고 있다. 하기야 들국화는 밟으면

밟을수록 빨리 성장하지만, 청춘의 세월은 낭비하면 할수록 빨리 시들어버린다. 네가 내 아들임에 틀림없는 것은 네 모친의 증언도 있고, 나 자신이 짐작되는 바가 있기 때문인데, 무엇보다도 너의 괴상한 눈짓과 축 늘어진 얼간이 같은 아랫입술을 보면 그렇게 믿을 수밖에 없다. 그런데, 네가 내 아들이라면, 바로 그것이 큰 문젯거리가 된다. 즉, 내 아들인 네가 왜 세상 사람들로부터 손가락질 당하고 있느냐는 것이다? 이 세상을 밝히는 은혜로운 태양인 네가 탕아가 되어 놀고 지내는 일이 과연 올바른 일인가? 영국 국왕의 왕자가 도적이 되어 양민들의 재화를 털어서야 되겠는가? 새삼스럽게 묻고자 한다. 너도 들어서 알겠지만 이 나라에는 타르(역청)라는 이름의 물건이 있다. 이 물건이 섞이면 모든 물건이 오염된다. 네가 사귀는 친구도 그렇다. 알겠는가, 할, 나는 술에 취해서 이런 말을 하는 것이 아니다. 눈물을 머금고 말하고 있다. 농담 삼아 지껄이는 것이 아니다. 진정으로 말하고 있다. 입에 발린 소리가 아니다. 마음속 깊이에서 울부짖는 말이다. 그러나 말이다. 네 친구들 가운데는 꼭 한 사람 후덕한 분이 있는 것을 종종 목격하게 된다. 그분의 이름은 모르겠다만…….

왕 자　폐하, 어떤 풍채의 사람인가요?

폴스타프　당당하게 생긴 풍채 좋은 사람이다. 얼굴은 밝고, 눈길은 부드러우며, 몸가짐은 우아하고, 나이는, 그래, 오십 줄이지, 아니다, 육십에 가까운 듯하다. 응, 그래, 생각나네, 그 사람의 이름은 폴스타프라고 하더라. 그 사람에게 방탕한 기질이 조금이라도 있으면, 나는 속은 셈이 된다. 아니다, 해리, 그의 얼굴에 나타난 고결한 품성을 내가 잘못 볼 수 있겠는가? 열매를 보면 나무를 알 수 있듯이, 나무를 보면 열매를 알 수 있듯이, 나는 단호하게 말할 수 있다. 폴스타프에게는 미덕이 있다. 오로지 그 사람을 친구로서 사귀어라. 나머지 애들은 멀리해야 한다. 그건 그렇고, 이놈, 지난 한 달 동안 어디를 싸돌아 다녔는가?

왕 자 국왕이 된 것처럼 말하네? 자네가 왕자 역이고, 내가 국왕 역을 맡겠다.

폴스타프 내 왕위를 찬탈하려구? 만약에 자네가 말솜씨나 내용으로, 나의 위엄과 장중함을 반 정도만 보여주어도, 나를 집토끼나 산토끼처럼 거꾸로 매달도록 내버려두겠다.

왕 자 그렇다면 나는 이렇게 하겠다.

폴스타프 그렇다면 나는 이렇게 서 있겠다. 여러분, 누가 능숙한지 판정을 해주게.

왕 자 그런데, 할, 지금까지 어디 가 있었는가?

폴스타프 네, 폐하, 이스트치프에 가 있었습니다.

왕 자 왕자에 관한 갖가지 비난의 소리가 들리고 있다.

폴스타프 쌍, 그런 소리는 온통 거짓말입니다. 두고 봐라(주위 사람들에게), 젊은 왕자 역을 멋지게 해서 실컷 즐기도록 해주겠다.

왕 자 쌍이라니, 무엄한 놈! 앞으로는 두 번 다시 알현을 허락하지 않겠다. 너는 신의 은총으로부터 멀어졌다. 너는 마(魔)가 씌었다. 늙은 풍보 모양을 한 술통 같은 악마가 너에게 찰싹 붙었어. 왜 그런 못된 놈하고 쏘다니느냐? 그 변덕쟁이, 속이 개나

돼지 같은 여물통, 수종(水腫)에 걸려 부은 꾸러미, 거대한 술
주머니, 창자를 쑤셔 넣은 의상 가방, 뱃속에 순대가 된 매닝
트리 명물인 통째로 구워진 갈비, 늙은 어릿광대, 백발의 악
역, 늙은 악당, 늦바람 난 허영덩어리. 어쩌자고 이런 놈을 친
구로 삼느냐? 그놈은 술맛 보고, 폭음하는 재주밖에는 아무것
도 없는 놈이야. 수탉을 썰어 먹는 것밖에는 아무 손재주도 없
는 놈이지. 나쁜 일에만 머리를 쓰고, 악행이라면 물불 가리지
않고, 착한 일은 관심도 없는 놈 아닌가?

폴스타프 좀 더 알기 쉽게 말씀해주십시오, 폐하, 누구를 지칭하고 있나
이까?

왕 자 젊은이를 타락의 길로 인도하는 저주받을 악당, 백발의 늙은
악마, 폴스타프 얘기다.

폴스타프 그 사람이라면 잘 알고 있습니다.

왕 자 자네가 알고 있다는 것을 나는 안다.

폴스타프 하지만, 그 사람이 나보다 더 나쁜 사람이라는 것을 제가 알
고 있다고 말씀드리면, 저는 알고 있는 것 이상을 말씀드리는
것이 됩니다. 그 사람이 나이를 먹고 있다는 것은 정말로 속상
하는 일이지만 백발이 그것을 증언하고 있습니다. 하지만 그
사람이 방탕한 오입쟁이라는 것은 실례입니다만 제가 분명히
부정합니다. 만일에 설탕 넣은 백포도주를 마시는 일이 나쁜
일이라면, 그런 악인들을 신이여, 구제해주십시오! 만일에 나
이 들어 명랑하게 사는 일이 죄라면, 내가 알고 있는 선술집 늙
은 주인들은 모두 저주받은 몸이 됩니다. 만일에 뚱뚱한 사람

이 미움을 받게 된다면, 이집트 왕 파라오의 꿈에 나타난 여윈 소가 사랑을 받게 되겠죠. 이보다는, 아버님, 피토를 추방해주십시오. 바돌프와 포인즈를 추방해주십시오. 그러나 사랑스러운 잭 폴스타프, 친절한 잭 폴스타프, 충실한 잭 폴스타프, 용감한 잭 폴스타프, 나이를 먹고 있기 때문에 더욱더 용감한 잭 폴스타프, 그 사람만은 아버님의 아들인 할의 친구로 남겨두십시오. 그 사람만은 할 옆에서 추방하지 말아주십시오. 통통한 잭을 추방하는 일은, 이 지구를 추방하는 일입니다.

왕 자 그래도 좋다. 나는 그를 추방한다. (안에서 노크 소리. 주모, 프랜시스, 그리고 바돌프 퇴장)

　　　바돌프 후닥닥 뛰어 들어온다.

바돌프 큰일 났네. 큰일 났어! 주 장관께서 무시무시하게 많은 포졸들을 거느리고 문전에 당도했습니다.

폴스타프 시끄럽다, 이놈! 연극을 끝까지 하자. 나는 아직도 폴스타프를 위해 할 얘기가 많다.

　　　주모 재등장.

주 모 큰일 났습니다. 왕자님, 야단났어요!

왕 자 무슨 일인가? 악마가 바이올린 활을 타고 나는 소동을 부리고 있네. 무슨 일인가?

주 모 장관께서 수많은 포졸을 거느리고 오셨습니다. 우리 가게를 수색한답니다. 안으로 들여보낼까요?

폴스타프 할, 듣고 있는가? 나 같은 진짜 금화를 위조라고 봐서는 안 돼. 너는 겉보기는 그렇지 않은데 사실은 무모한 데가 있단 말이야.

왕 자 너는 본능도 없는 타고난 겁쟁이다.

폴스타프 나는 네 주장을 부인한다. 네가 주 장관의 수색을 허락하지 않으면 좋다. 그렇지 않으면 들어오게 놔두라. 나는 죄수차(罪囚車)에 아주 어울린다. 그렇지 않으면 나의 성장에 저주가 있을 것이다! 내가 교수대에 매달려야지 남보다 먼저 저세상으로 가지…….

왕 자 벽걸이 뒤에 가서 숨어라. 나머지 사람들은 이층으로 가라. 모두들 진실한 얼굴을 하고, 깨끗한 양심을 보여주어야 한다…….

폴스타프 두 가지 모두 갖고 있는데, 유효기간이 지나 보일 수 없네. 그러니 숨을 수밖에 없구나. (모두 퇴장하고, 왕자와 피토만 남는다)

왕 자 주 장관을 모셔라.

　　주 장관과 인부 등장.

　　장관, 나에게 무슨 용무가 있는가?

장 관 왕자 전하, 실례를 용서하십시오. 실은 수상한 자들 몇 명을 이 집에서 쫓고 있습니다.

왕 자 어떤 모양샌가?

장 관 그중 한 사람은 누구나 알고 있는 뚱보입니다.

인 부 버터 덩어리 같은 놈이죠.

왕　자　그런 사람은 여기 없다. 내가 보증하마. 실은 내가 방금 심부름을 보냈다. 그런 이유이니, 장관, 내 약속하지, 내일, 그래 오정 때까지, 반드시 그 남자를 장관한테나, 또는 누구에게나 출두하게 해서 어떤 일로 고발되었는지 답변토록 하리다. 지금은 이 집을 떠나주게나.

장　관　알겠습니다. 무엇보다도 두 사람의 신사가 도적을 만나 삼백 마르크의 돈을 강탈당했다고 고발하고 있습니다.

왕　자　있을 수 있는 일이다. 만일에 그 남자가 강도질했다면, 반드시 책임은 묻도록 하겠다. 그러면, 잘 가게.

장　관　안녕히 주무십시오, 전하.

왕　자　벌써 아침이다.

장　관　그렇습니다. 새벽 두 시가 되었습니다. (장관과 인부 퇴장)

왕　자　이 기름 덩어리 녀석, 세인트폴 사원만큼이나 유명하구나. 그놈을 불러오너라.

피　토　폴스타프! 벽걸이 뒤에서 자고 있습니다. 말 같은 콧김을 내뿜고 있습니다.

왕　자　정말이지, 코 고는 소리가 엄청나구나. 호주머니를 뒤져보아라. (피토는 호주머니를 뒤져서 몇 장의 종이를 꺼낸다) 무엇이 있는가?

피　토　종이 쪽지뿐입니다.

왕　자　무엇인지, 읽어보라.

피　토　(읽는다)

일, 닭 한 마리　　　　　　　　　　　　　　이 실링 이 펜스

일, 소스	사 펜스
일, 백포도주 두 갤런	오 실링 팔 펜스
일, 멸치 및 저녁식사 후 백포도주	이 실링 육 펜스
일, 빵	반 펜스

왕 자 이거 굉장하구나! 반 펜스의 빵에 한량없는 술이라니! 나머지 계산서는 숨겨두게. 나중에 천천히 읽도록 하겠다. 이놈은 아침까지 자게 내버려둬라. 날이 새면, 나는 궁정으로 입궐해야 한다. 모두들 함께 전쟁터로 나가야 한다. 너에게는 훌륭한 지위를 마련해주겠다. 이 기름 덩어리에게도 보병대장의 자리를 맡겨볼까. 이삼백 보만 걸어도 숨이 차서 죽을 거다. 탈취한 돈은 이자를 붙여서 반환토록 하겠다. 날이 새면 나에게로 지체 없이 오너라. 잘 자게, 피토.

피 토 안녕히 주무십시오, 왕자님. (퇴장)

제3막

제1장 웨일스의 뱅고어, 부주교의 저택

홋스퍼, 우스터, 모티머, 글렌다워 등장.

모티머 이 조건들은 공정하고, 당사자들도 모두 신뢰할 만하다. 우리의 거사는 시작이 잘 풀리고 있다.

홋스퍼 모티머, 그리고 글렌다워, 두 사람 모두 좌정하시오. 그리고 우스터 숙부도 앉으세요. 저런, 지도를 놔두고 왔네!

글렌다워 걱정 마라. 여기 있다. 사촌 퍼시, 앉아요. 착한 홋스퍼 사촌도 앉아요. 랭카스터 공작은 그대 홋스퍼의 이름을 들을 때마다 뺨이 창백해지고, 깊은 한숨을 쉬며 겁에 질려 그대를 천당으로 보내고 싶어 하는 모양이다.

홋스퍼 그리고 귀하를 지옥에 보내고 싶어 한답니다. 오웬 글렌다워의 이름을 들을 때마다 말입니다.

글렌다워 그건 당연한 일이다. 내가 태어난 날은 하늘에 온통 불꽃이 퍼지고, 불을 뿜는 별이 가득했다. 뿐만 아니라 내가 태어나면서 울어대는 소리에 지축이 겁을 집어먹고 몸을 부르르 떨었다.

홋스퍼 그런 일이라면 신기할 것이 못 됩니다. 같은 날, 같은 시각에 귀하의 어머니가 키우는 고양이가 새끼를 낳아도 지진은 일어났을 겁니다.

글렌다워 거짓말이 아니다. 내가 태어났을 때, 땅이 흔들렸다.

홋스퍼 그렇다면 대지와 나는 서로 의견이 다른 모양입니다. 귀하가 상상하는 것처럼 귀하를 겁내어 떨고 있었다면 말이죠.

글렌다워 하늘은 화염에 싸이고, 대지는 떨면서 흔들렸다.

홋스퍼 아, 대지가 흔들린 것은 불꽃에 휩싸인 하늘을 보았기 때문이요. 귀하가 태어나는 울음소리를 들었기 때문은 아닙니다. 우리가 사는 대자연은 병에 걸리면 때때로 기묘한 분출물을 쏟아놓지요. 지구는 뱃속이 꽉 차면, 복통을 일으켜, 고통을 겪어요. 말하자면 분별없는 바람이 태내에 가득 차면, 출구를 찾아 소동을 부리며, 할머니 대지를 마구 흔들어놓습니다. 교회의 뾰족탑이나 이끼 낀 성탑(城塔)을 전복시킵니다. 귀하가 태어났을 때도, 할머니 땅덩어리가 병에 걸려 고통을 겪으며 흔들렸습니다.

글렌다워 홋스퍼 사촌, 다른 자들로부터 그런 소리를 들으면 나는 그냥 두지 않겠네. 하지만 좋아요. 다시 한번 말해둔다. 내가 태어났을 때, 하늘에는 온통 불을 뿜는 별이 가득 차서, 산양의 무리가 산으로부터 도망가고, 가축들은 일제히 겁을 집어먹은 논밭을 향해 이상한 울음소리를 냈다고 한다. 이런 징조는 나의 비범함을 입증하고 있다. 그리고 지금까지 살아온 나의 반생을 돌이켜보면, 내가 보통 이상의 인간이었다는 것을 알게 된다. 단 한 사람이라도 있는가? 사방팔방 바닷물이 핥고 있는 영국, 스코틀랜드, 웨일스 땅 천지에, 나를 제자로 삼아 가르쳤다는 사람이 있는가? 단 한 사람이라도 있는가? 있으면 데려오너라. 말하자면, 여자의 태내서 나온 자로서 마법의 묘술과 비법을 나와 겨룰 수 있는 자가 있으면 나와 보아라!

홋스퍼　귀하만큼 웨일스어를 잘하는 사람은 한 사람도 없지요. 자, 식탁으로 갑시다.

모티머　그만해. 퍼시. 이 사람을 성나게 만드네.

글렌다워　나는 지옥의 밑바닥에서 악령을 불러낼 수도 있다.

홋스퍼　그런 일이라면, 나도 할 수 있어요. 누구나 할 수 있겠지요. 그러나 귀하가 부른다고 그들이 불려 나올까요?

글렌다워　내가 가르쳐주마, 퍼시. 악마를 불러내는 방법 말이다.

홋스퍼　나도 가르칠 수 있어요. 악마에게 창피를 주는 법 말입니다. 진실을 말해주면 거짓말 잘하는 악마는 부끄러워합니다. 귀하에게 그런 힘이 있다면, 악마를 호출해보시죠. 나는 맹세코 그놈에게 창피를 주어, 그놈을 쫓아버릴 겁니다. 귀하도 진실을 말해서 악마에게 창피를 주세요!

모티머　자, 부질없는 논쟁은 그만해둬요.

글렌다워　헨리 볼링브로크는 세 번씩이나 나에게 전쟁을 선포했어. 하지만 나는 세 번씩이나 와이강변과 세번강의 모래 밑바닥으로부터 그를 축출했어. 그놈은 아무 소득 없이 신발짝 내버리고, 비바람 맞으며 도망쳤지.

홋스퍼　신발도 없이, 빗속을 도망쳤다는 겁니까! 악마도 독감에 걸렸겠네?

글렌다워　자, 여기 지도가 있다. 우리 세 사람이 이미 정한 조약에 따라 영토를 나누어도 괜찮겠지?

모티머　이미 부주교께서 공정하게 세 사람의 영토를 분배했습니다. 영국은 트렌트강으로부터 세번강까지 즉 동남부 일대가 본인의 영토이고, 다음으로, 웨일스, 즉 세번강으로부터 서쪽으로 뻗친 지대인 비옥한 땅은 모두 오웬 글렌다워의 영토가 됩니다. 그리고, 퍼시, 그대는 트렌트강 북쪽 지대를 소유하게 된다. 세 통의 계약서는 이미 작성되었다. 나머지 할 일은 서로 인장을 누르고 문서를 교환하는 일뿐이다. 그 일은 오늘 밤 안으로 끝낼 수 있을 것이다. 그렇게 되면, 퍼시, 너와 나, 그리고 우스터 경은 출동이다. 예정대로 슈루즈베리에서 너의 부친과 예하(隷下) 스코틀랜드군과 합류한다. 의부(義父)인 글렌다워는 아직도 준비가 덜 되었다. 하지만, 이 주일 동안은 우리들이 그의 도움을 받지 않아도 될 것이다. (글렌다워에게) 그 정도 시간의 여유만 있으면 귀하께서도 주민과 동지들, 그리고 이웃 사람들을 소집할 수 있을 것입니다.

글렌다워　더 빠른 시간에 여러분들과 합세할 수 있어요. 부인들은 내가 모시고 갈 작정이요. 내일 두 사람은 아무 말 없이 출발하세요. 부부가 헤어지는 일은 쉬운 일이 아니기에, 작별을 알리면 눈물의 홍수가 시간을 밀어붙일 것이오.

홋스퍼　내 영토는 버턴으로부터 북쪽에 펼쳐져 있는데, 두 분의 땅과 비교해보면 동등하다 할 수 없소. 보세요, 여기 트렌트강이 우리 쪽으로 파고들어 우리 영토의 일급지(一級地)를 이토록 반달 모양으로 깎아버리고 있어요. 이건 너무한 짓이오. 그러기 때문에 이 지점에서 강물을 막을 생각입니다. 그렇게 되면 아름다운 은빛 트렌트강의 흐름은 새로운 수로를 만들어 직통으로 공평하게 흐르게 될 것입니다. 이토록 깊이 꼬부라들면서 풍요로운 강 유역 일대를 몰래 빼앗으면 나도 참을 수 없어요.

글렌다워   꼬부라들게 할 수 없다고? 꼬부라들기 마련이고, 꼬부라질 수밖에 없어요. 지형이 그렇게 되어 있어.

모티머   그런데, 봐요, 강물이 여기서 우리 쪽으로 파고들어, 그쪽 편에도 똑같은 이익을 주고 있지 않는가. 여기서 너의 영토를 빼앗아도, 저기서 똑같은 영토만큼 다시 챙기고 있는 셈이야.

우스터   그건 그렇다. 약간의 비용으로 여기에 수로를 열고, 반달 모양의 돌출부를 북쪽에 넘길 수 있다. 그렇게 되면 강줄기는 똑바로 순조롭게 흐르게 될 것이다.

홋스퍼   바로 그겁니다. 약간의 비용으로 할 수 있는 일입니다.

글렌다워   나는 강줄기를 바꾸고 싶지 않다.

홋스퍼   바꾸고 싶지 않다구요?

글렌다워   바꾸는 것을 허락할 수 없다.

홋스퍼   허락할 수 없다고 말하는 겁니까?

글렌다워   그렇다, 내가 말하고 있다.

홋스퍼   그렇다면 나에게 통하지 않는 웨일스 말로 하시라구요.

글렌다워   나도 자네만큼 영어를 썩 잘 하네. 영국 왕실에서 터득했기 때문이다. 그 당시는 어렸지만 하프 연주를 반주 삼고 수많은 영어 노래를 만들어서 영어를 아름답게 만드는 일에 공헌했다. 이런 예술적 일은 자네한테서 볼 수 없네.

홋스퍼 그렇습니다. 그런 재능이 없어서 기쁩니다! 그런 흔해 빠진 민요작가가 되는 것보다는 고양이로 태어나서 "야옹" 하고 우는 일이 더 낫겠어요. 차라리 놋쇠 촛대를 가는 선반(旋盤) 소리를 듣거나, 뻑뻑한 수레바퀴가 끼익끼익거리는 소리를 듣는 것이 낫겠소. 그렇게 하면 신경을 곤두세우지 않아도 됩니다. 우쭐대며 읊어대는 시를 듣는 일은 질색입니다, 도대체가 그 시라는 것은 비틀거리면서 걷는 지친 말 같은 것 아닙니까?

글렌다워 좋아. 트렌트 강줄기를 바꾸는 것이 좋겠다.

홋스퍼 아무래도 좋소. 상대에 따라서는 세 배가 되는 땅이라도 주겠소. 하지만 거래를 하는 일이라면 머리카락 한 가닥이라도, 아니 머리카락 구 분의 일만큼이라도 고분고분 응할 수 없소. 계약서는 작성되었습니까? 자, 출발합시다.

글렌다워 아, 달이 밝구나. 밤이라도 출발할 수 있겠다. 계약서를 급히 써서 갖고 오도록 하겠네. 그런데, 두 사람의 출발을 부인들에게 알립시다. 내 딸년이 그 소식 들으면 돌아버리겠네, 모티머를 일편단심 사모하고 있으니 말일세. (퇴장)

모티머 여봐, 퍼시, 내 장인어른께 그토록 맞서지 말게!

홋스퍼 그럴 수밖에 없어요. 쓸데없는 말로 나를 화나게 만드니 말이죠. 말하자면 두더지나 개미 이야기라든가, 마법사 멀린이 꿈꾸듯 예언한 얘기라든가, 참을 수 없어요. 또 용이라든가, 지느러미 없는 물고기라든가, 날개를 잘라낸 사자독수리, 털 빠진 까마귀, 누워 있는 사자, 뒷발로 서 있는 고양이 등 사람들을 어리둥절케 하는 알쏭달쏭한 말을 늘어놓고 있으니, 참는 것도 한계가 있지요. 실은 어제저녁, 저 양반은 연달아 아홉 시간을 자신의 부하라면서 악마의 이름을 늘어놓았습니다. 나는 그저 "아, 그래요"라고 받든가, "그렇군요"라고 맞장구 쳤지만, 사실은 한마디도 듣지 않았습니다. 신물이 났습니다. 그 양반 따분하기란, 지친 말 타는 일이나 잔소리 많은 아낙네와도 같아요. 연기 나는 집에 갇히기보다도 더 참기 힘들었어요. 기독교 나라 여름 별장에서 천하의 산해진미를 맛볼 수 있다 해도 그 양반 말을 듣는 조건이라면, 차라리 풍차 오두막에서 치즈와 마늘만 먹고 사는 편이 더 낫겠습니다.

모티머 그렇지만, 그분은 훌륭한 신사야. 책도 많이 읽고, 신비로운 마술도 터득하고 있어. 사자만큼이나 용감하면서도, 언동이 그럴 수 없이 부드럽지. 마음이 풍성해서 무진장 보물을 간직하고 있는 인도의 광산 같아요. 퍼시, 이것만은 분명하게 말해 두겠네. 그 양반은 너의 성격을 높이 평가하고 있어. 그래서 네가 맞대결하더라도 성깔을 죽이고 있을 뿐이야. 정말이다. 그토록 그분의 비위를 거슬리고도 아무런 질책(叱責)도 받지 않고 위험한 일을 겪지도 않는 것은 너 하나뿐인 것을 알고 있게. 그러나, 퍼시, 너무 자주 그러면 못써. 부탁하네.

우스터 너는 정말이지 일부러 사람들에게 덤비는 버릇이 있어. 여기 와서도 그분이 참기 어려운 갖가지 일을 너는 저질렀다고 봐야 해. 앞으로는 매사에 신중한 자세로 임하되, 너의 결점은 개선하도록 노력하게. 물론 그 일이 너의 권세, 용기, 기력을 입증하는 일이 되긴 하지만, 기껏해야 그 정도의 효험뿐이고, 대부분의 경우 사람들 눈에는 그 일이 거친 노여움, 무례, 자제심의 결핍, 오만, 불손, 자부심, 거드름 등으로 나타날 뿐이네. 그 가운데서도, 죄가 가장 가벼운 결점이라도, 귀족의 마음을 더럽히면, 인심을 잃게 되고, 다른 미덕이 넘치더라도, 결국은 오점으로 남게 된다네. 그렇게 되면 세상 사람들의 칭찬을 받을 수 없게 되는 것 아닌가.

홋스퍼　공부 잘 했습니다. 명심하겠습니다. 저의 예의범절이 여러분을 돕도록 기원합니다! 영부인들이 오셨네요. 작별 인사를 합시다.

　글렌다워가 두 부인을 데리고 다시 등장.

모티머　이건 죽을 맛이로구나. 아내는 영어를 모르고, 나는 웨일스어를 모른다니.

글렌다워　내 딸이 울고 있네. 헤어지는 것이 괴로운 것이다. 자신도 병사가 되어 함께 전투장으로 가고 싶은 거야.

모티머　장인어른, 그녀에게 말해주십시오. 그녀와 퍼시 부인이 장인의 보호를 받고 뒤따라 온다고 말입니다.

　글렌다워는 웨일스어로 모티머 부인에게 말하고, 부인도 웨일스어로 답한다.

글렌다워　그 애는 막 가고 있어. 심술궂은 고집쟁이, 아무리 말해도 듣지 않네.

여인은 웨일스어로 말한다.

모티머 그대의 눈동자만 보아도 나는 알고 있소. 넘치는 눈에서 흘러 넘치는 눈물의 언어를 나는 잘 알고 있소. 남의 눈만 없으면 나도 그 눈물로 대답할 수 있을 터인데. (여인은 다시 웨일스어로 말을 한다. 키스한다) 이 입맞춤도 나는 잘 알고 있다. 그대도 알고 있을 것이다. 이것은 서로 마음이 통하는 언어이다. 그러나, 사랑이여, 나는 게으름을 피우지는 않겠다. 반드시 당신의 언어를 배울 것이다. 당신의 혀끝에 닿으면 웨일스어는 아름답게 울린다, 마치 아름다운 여왕이 여름 정자에서 홀로 비파에 맞추어 노래하는 황홀한 음악과도 같다.

글렌다워 여보게, 울지 말게. 눈물을 흘리면 딸은 미쳐버린다.

여인은 다시 웨일스어로 말한다.

모티머 아, 슬프다. 나는 아무것도 알 수 없다!

글렌다워 이렇게 말하고 있네. 바닥에 깔아놓은 난초 위에 몸을 눕히고 나의 무릎을 베개 삼아 머리를 얹으면, 그대가 좋아하는 노래를 불러, 그대의 눈꺼풀에 잠을 청해서, 기분 좋은 졸음으로 혈기를 누르고, 꿈인지 생시인지 모르는 경지를 헤매게 해드리리다. 바로 밤과 낮의 경계에서, 황금마차를 탄 태양의 신이 동녘 하늘에 나타나 천공을 나르려는 바로 한 시간 전의 그 몽환의 경지 같은 시간 속에서.

모티머 기쁜 마음으로 자리에 앉아서 그녀의 노래를 듣겠습니다. 그러다 보면 계약서의 문건도 작성되겠지요.

글렌다워   그렇게 해요. 악사들에게 연주를 시켜야지. 이곳에서 수천 킬로미터 떨어진 하늘에서 날고 있는 악사 요정들을 곧장 이 곳으로 불러들여야겠다. 여기 앉아서 기다려주게.

홋스퍼   자아, 케이트, 당신도 자리에 눕는 일은 이력이 났지. 자, 어서, 무릎을 벌려요, 무릎을, 이 머리를 얹고 싶어.

퍼시 부인   어머나, 창피해라. (음악이 연주된다)

홋스퍼   맞다 맞아. 악마는 웨일스어를 알고 있구나. 악마들이 변덕스러운 것도 놀라운 일이 아니다. 정말이지 음악의 재능도 놀랍네.

퍼시 부인   그렇다면 당신은 음악의 천재가 되는군요. 제멋대로 변덕스럽게 살고 있으니 말이죠. 조용히 누워 있어요, 이 양반아, 저 여인이 웨일스어로 하는 노래를 들어봅시다.

홋스퍼   그보다 나는 우리 집 암캐 숙녀가 아일랜드 말로 짖어대는 소리를 듣고 싶어.

퍼시 부인   당신의 소중한 것을 잘라버릴까?

홋스퍼   안 돼.

퍼시 부인   그렇다면 잠자코 있어요.

홋스퍼   안 돼. 가만히 있는 것은 여자의 습성이지.

퍼시 부인   어머나, 어떻게 하면 좋아!

홋스퍼   웨일스 여인의 침대서 재워주면 되지.

퍼시 부인   뭐라고요?

홋스퍼   쉿, 그녀가 노래를 하네. (모티머 부인이 웨일스 노래를 부른다) 자,

케이트, 이번에는 당신이 노래를 해줘.

퍼시 부인 나는 절대로 안 해요.

홋스퍼 나는 절대로 안 해요! 정말 당신은 제과점 아낙네처럼 맹세하는 일 말고는 할 수 있는 일이란 아무것도 없군. "누가 뭐라 해도 싫다"느니, "이 목숨을 걸고 진정이다"라느니, "하느님께 물어봐도 좋다", "대낮처럼 확실하다"라느니 — 런던에서 한 발자국도 나가지 못한 하녀처럼 당신은 그런 빈약한 맹세의 말밖에 하지 못하는가. 케이트, 맹세를 할 바에는 귀부인답게 당당하게 큰소리로 말해봐, 누가 뭐라 하더라도, 그런 사탕발림 생과자 같은 허풍선이 맹세는 비로드 나들이 옷을 걸친 주일날 시민들에게 맡겨둬라. 자, 노래를 해다오.

퍼시 부인 노래할 수 없어요.

홋스퍼 노래 잘 하면, 금세 재봉사가 되지. 방울새 노래 선생 되지. 좋아, 계약서가 되면 나는 두 시간 안으로 출발이다. 그대도 오고 싶을 때 와도 좋다.

글렌다워 자, 모티머, 자네는 느려서 탈이야. 퍼시 군은 너무 덤벼서 탈이고. 지금쯤이면 계약서는 완성되었을 거다. 조인(調印)만 끝나면, 즉각 말을 타고 출진이다.

모티머 네, 서두르겠습니다. (모두 퇴장)

제2장 런던, 궁전

왕 헨리 4세, 왕자 헨리, 기타 등장.

왕 경들은 잠깐 물러가시오. 왕자와 단둘이서 얘기를 나누고 싶소. 하지만, 멀리는 가지들 마시오. 곧 이곳에 다시 와야 하기 때문이오. (귀족들 퇴장) 이 모든 것이 하늘의 뜻인지 아닌지는 알 수 없지만, 만일 나도 모르는 사이에 내가 하늘의 뜻에 어긋나는 일을 했다면, 하느님은 은밀한 심판으로서, 보복과 징벌의 채찍을 나에게 내렸다고 할 수 있다. 어찌 되었든 간에 너의 생활을 보고 있으면 하늘이 나의 죄를 벌하기 위해 너를 혹독한 보복의 도구로서 미리 너를 선정해두었다고 믿을 수밖에 없다. 그렇지 않다고 한다면 나에게 답하라. 네가 탐닉하고 있는 무절제하고 비열한 방탕과 천박하고, 저급하고, 음탕하고, 비천한 소행, 그리고 허황된 쾌락, 네가 교제하고 있는 떨거지들, 그런 것들이 어떻게 너의 고귀한 혈통과 양립될 수 있는가. 어떻게 그런 일들이 왕자로서의 심성과 조화를 이룰 수 있는가?

왕 자 황송하오나, 폐하의 꾸지람에 대해선 일일이 깨끗한 변명을 하고 싶나이다. 저에게 씌워진 대부분의 죄목은 의심할 여지 없이 씻어낼 수 있다고 생각합니다. 다만 한 가지 일만은 저의 청원을 들어주십시오. 즉 억지웃음을 자아내며 아첨배들과 헛소문에 들떠 있는 비열한 녀석들이 경쟁하듯 부왕에게 거짓 이야기를 꾸며서 고자질하는 것은 단호하게 제가 반박하지 않을 수 없습니다. 물론 젊은 혈기 때문에 탈선하고 방종한 행동을 한 일은 있습니다. 그 죄는 정직하게 인정하고, 용서를 빕니다.

왕 용서는 하느님에게 빌도록 하라! 도대체 어떻게 된 거냐, 헨리! 도무지 알 수 없는 것이 네 마음의 행로이다. 조상들이 가신 길과는 전혀 다른 쪽으로 가고 있으니 말이다. 의회에서도 폭력을 행사해서 의석을 잃고, 그 자리는 네 동생 존이 차지했었지. 지금 궁신들은 물론이거니와 나와 피를 나눈 친척들도 너를 경원하게 되었다. 너의 장래에 대한 희망과 기대는 무참히 깨졌다. 국민 모두가 너의 파멸을 마음속으로 예견하고 있다. 예컨대 말이다, 내가 느닷없이 세상에 얼굴을 내밀고, 언제나 풀뿌리 대중들 앞에 몸을 드러내고, 내 몸이 흔해 빠진 싸구려 인간으로 보였다면, 한때 나에게 왕관을 안겨주었던 세상 사람들은 그 당시 왕 리처드에게 충성을 바치고 말았을 것이다. 그리하여 나는 허무하게도 추방의 세월을 보내야 하는 명성도 희망도 없는 야인에 지나지 않았을 것이다. 그런데 나는 좀처럼 모습을 드러내지 않았기 때문에 내가 나들이하면 사람들은 혜성을 쳐다보듯이 경이의 눈으로 나를 쳐다보았다. "아, 저분이셔"라고 아이들에게 가르쳐주는 사람도 있었고, "어느 분이 볼링브로크이신가?"라고 묻는 사람도 있었어. 그러면 나는 하늘에서 훔쳐온 온갖 미덕을 얼굴에 나타내고, 겸손의 겉옷을 걸치고, 사람들의 가슴으로부터 충성의 맹세를, 그들의 입으로부터 환호의 외침을 빼앗듯이 수중에 넣을 수 있었던 것이다. 이 모든 일을 나는 선왕의 면전에서 해내었다. 이토록 언제나 나 자신을 신선한 존재로 만들어놓았기 때문에, 내 모습은 좀처럼 경배할 수 없는 법왕의 예복처럼, 사람들이 볼 때는 경이의 눈으로 바라보게 되고, 방문하는 일이 드물지만 나타나기만 하면 화려한 축제처럼 왕의 위엄을 유지할 수 있게 된 것이다. 그 경박했던 선왕은 어떠했는가. 천박한 어릿광대들과 불꽃을 터뜨리고 곧 꺼져버리는 꽃불 같은 재인들을 거느리고, 여기저기 뽐내면서 걸어 다녔지. 그 때문에 왕의 권위도 존엄도 바보들 틈에서 사라졌어. 위대한 이름도 그들의 조롱 섞인 웃음 속에서 더럽혀지고, 신분에 어긋나는 그들의 보호자였기에, 입이 더러운 소인배들과 험담을 나누며 희희낙락하고, 수염도 안 난 풋내기들을 상대로 농담 잡담 싸움에 끼어들었지. 이렇게 해서 그는 연일 시중 잡배들과 어울렸어. 세상 사람들은 매일 보게 되면 싫증이 나는 법이야. 매일 맛보는 꿀맛처럼 그 단맛을 잃게 되지. 약간의 단맛도 견딜 수 없는 단맛이 되고 마는 거야. 그래서 그가 모습을 드러내도 계절을 잃은 유월 뻐꾹새처럼, 듣는 자가 있어도 귀를 기울이는 자는 없고, 보는 자는 있어도 눈에 익어 싫증 난다는 사람들뿐이지. 빛나는 태양 같은 위엄 있는 인물을 기다리던 사람들 앞에 마침내 그가 나타났을 때 우러러보는 사람들의 열정적인 찬탄의 시선은 볼 수 없고, 졸린 듯이 눈꺼풀을 깔고, 그가 나타나도 몽롱하게 바라보든가, 기분이 언짢을 때 하필이면 원수 같은 놈이 나타났을 때 그런 눈짓으로, 식상한 놈에게 시선을 던지는 그런 눈짓으로 보게 된다. 지금의 너는, 해리, 바로 그런 입장에 놓여 있다. 천민들과 어울리면서 왕자의 특권을 내동댕이쳤다. 모든 사람들이 지금은 너의 모습을 매일 보고 식상해하고 있다. 내 눈은 다르다. 나는 네 얼굴이 보고 싶어서 굶주려 있다. 그런데 지금은 그 보고 싶은 눈도 어리석은 눈물에 가려 흐려져 있구나. 지금은 아무것도 보이지 않는다.

왕 자 인자하신 부왕 폐하의 은덕에 의지하여 말씀드립니다. 앞으로는 왕자의 신분에 맞도록 행동하겠습니다.

왕 그렇다. 내가 프랑스를 출발해서 레이번스퍼그에 상륙했을 당시의 리처드 2세가 바로 지금의 너와 같았다. 그리고 그 당시의 내가 지금의 해리 퍼시가 된다. 현재의 퍼시는 왕권을 상징하는 이 홀(笏)과 내 영혼에 걸고 말하지만, 왕위 계승자이지만 그 그림자에 지나지 않는 너보다 훨씬 더 왕좌에 합당한 자격을 갖추고 있다. 그는 아무런 권리도, 그리고 권리 비슷한 것도 갖고 있지 않지만, 내 왕국의 들판을 무장한 병마로 휩쓸고 짓밟으면서 이 사자의 턱을 향해 대적하려고 한다. 나이로 보면 너와 비슷한 축에 들지만, 연사의 귀족과 존경받는 사제(司祭)들을 이끌고, 혈전(血戰)의 전쟁터와 죽음의 격전장을 달리고 있다. 저 유명했던 명장 더글러스와의 결투에서 그는 불후의 영예를 획득했다! 더욱이나, 그의 혁혁한 공적, 용감한 진격, 사방에 떨친 무용담은 그리스도를 주님으로 모시는 이 세상 모든 나라를 통해 그는 출중한 무인의 별이요, 누구와도 비교할 수 없는 용맹무쌍한 장군의 모범으로서 찬양을 받고 있다. 이 홋스퍼는 기저귀를 찬 유년의 군신 마르스이다. 이 어린 장사는 세 번이나 맹장 더글러스와 싸워서 그를 격파하고, 포로로 잡아서, 석방한 후, 결국에는 자기 편에 끌어들이는 일에 성공했다. 그리고 지금은 나에 대한 도전의 외침을 확산시켜 내 왕국의 평화를 뒤흔드는 폭풍을 일으키고 있다. 너는 이 일을 어떻게 생각하는가? 퍼시, 노섬벌랜드, 요크의 대사교, 더글러스, 모티머 등이 나에게 반역하여 서로 동맹을 맺고 군세(軍勢)를 결집했다. 그런데 나는 왜 이런 일을 너에게 말하는가? 해리여, 나의 적에 관한 이야기를 나의 가장 가깝고도 무서운 적수인 너에게 하는 까닭은 무엇일까? 비열한 공포와 근성, 울분을 터뜨리는 발작으로 퍼시에게 붙어서 부왕인 나에게 칼을 들이대고, 개처럼 꼬리치며 그의 기분을 맞추면서 타락한 몰골을 천하에 드러내놓는 일을 넌 할 수 있겠지.

왕자 그렇게 생각지 마십시오. 그런 일은 절대로 없습니다. 부왕의 마음으로부터 그토록 저를 멀리 떼어놓은 중상모략자들은 신의 용서를 빌어야 합니다! 이 같은 수치에서 벗어나기 위해 저는 퍼시의 목을 베어 부왕께 보답하겠습니다. 영광스러운 승리의 날이 저물 때, 저는 당당하게 부왕께 당신의 아들임을 알리겠습니다. 그때 저의 의복과 얼굴은 피로 물들어 있을 것입니다. 그것을 씻어버리면 저의 치욕도 깨끗하게 사라질 것입니다. 그때가 언제가 되든, 그날은 명예와 명성을 한 몸에 담고 있는 기사의 모범이며, 모든 이의 칭찬을 받고 있는 용사

홋스퍼와 폐하에게 무시당한 이 해리가 전투장에서 충돌하는 날이 됩니다. 그때까지는 그의 투구에 영광이 쌓이고, 내 머리에는 치욕이 곱으로 쌓여도 좋습니다! 그때가 되면 북방의 그 젊은이가 손아귀에 넣은 혁혁한 영광과 이 몸이 받고 있는 불명예를 교환하게 될 것입니다. 부왕 폐하, 퍼시는 저의 대리인입니다. 저를 위해 온갖 영예를 사 모으고 있습니다. 때가 되면 저 자신이 정산을 요구하게 되겠지요. 그놈이 지금까지 수중에 넣은 영예를 티끌만 한 것까지 포함해서 모조리 내놓도록 할 것입니다. 내놓지 않으면, 그놈의 심장에 결산서를 내겠습니다. 이 일은 하느님의 이름으로 약속합니다. 그리고 하느님이 기뻐하시면 반드시 이 일은 성취될 것입니다. 부왕 폐하, 오랜 세월에 걸쳐 저의 부실한 행위가 남긴 상처에 대해서는 용서의 말로써 치유해주십시오. 그렇지 않으면 죽음으로 보답하겠나이다. 이 서약을 일언반구라도 어기면 이 목숨을 십만 번이라도 끊어 보이겠습니다.

왕 그 말은 십만의 반역자들 목숨을 끊는 것과도 같다. 그대에게 우리 군대의 지휘권과 최고의 신임을 부여한다. (블런트 경 등장) 어찌된 영문인가, 블런트 경? 매우 다급한 표정인데.

블런트 급박한 상황을 알려드리려고 왔습니다. 스코틀랜드의 모티머 경이 전하는 말에 의하면, 더글러스와 영국의 반란군이 이달 십일일에 슈루즈베리 들판에서 합류했답니다. 만일에 반역자들이 제각기 맹약을 지키게 되면, 우리나라 역사상 그 유례를 찾을 수 없는 강력하고 무서운 반란군이 됩니다.

왕 웨스트모어랜드 백작은 이미 오늘 출발했다. 내 아들 랭카스
터 공 존도 함께 갔다. 그 정보는 오 일 전부터 알고 있었다. 이
번 수요일에는 해리, 너도 출진해야 한다. 목요일에는 이 몸도
전투장으로 간다. 합류 장소는 브리지노스이다. 그리고 해리,
너는 글로스터셔를 경유해서 진군하기 바란다. 지금까지의
제반 사정을 참작하면, 앞으로 열이틀째에는 전군이 브리지
노스에 집결하게 된다. 할 일이 태산 같다. 오늘은 여기서 해
산이다. 주저하고 태만하면, 인간은 호기(好機)를 잃게 된다.

(일동 퇴장)

제3장 이스트치프, 선술집 보어스헤드

폴스타프와 바돌프 등장.

폴스타프 바돌프, 지난번 일이 있은 다음 살이 억수로 빠졌지? 여위고
줄어든 것 같은데? 보아라, 껍질이 늘어져서 할미 겉옷처럼
축 늘어졌네. 묵은 나는 사과처럼 주름살투성이야. 살점이 남
아 있을 때 서둘러 참회를 하자. 기력이 쇠퇴하면, 참회하고
싶어도 체력이 달려 할 수 없어. 나는 교회 내부가 어떤 모양
인지 다 잊어버렸어. 내 말이 거짓이라면, 나는 말라버린 후추
요, 쇠퇴한 노인이다. 교회 내부 말인가! 아, 친구들, 나쁜 친
구들이 나를 타락시켰다.

바돌프 존 양반, 왜 그렇게 화를 내는가? 안달하면 오래 살지 못해.

폴스타프 맞아, 그렇다. 네 말이 옳다. 음탕한 노래나 한 곡조 불러다 오. 노래를 들으면 기분이 좋아진다. 나도 옛날에는 품행 방정한 신사의 표본이었다. 욕설을 삼가고, 노름이래봤자 겨우 일주일에 일곱 번 정도요, 유곽(遊廓)에는 겨우 한 달에…… 한번……이 아니라, 한 시간에 네 번 정도 넘지 않고, 빌린 돈은 반드시 돌려주었어…… 서너 번 되지, 깨끗하고도 절제 있는 생활을 했었다. 그런데, 지금은 방탕하고 무절제한 생활을 하고 있어.

바돌프 그럴 수밖에 없지. 몸집이 도를 넘쳐 뚱뚱하니, 도에 넘치는 생활을 할 수밖에 없지.

폴스타프 네가 상판대기를 바꾸면, 나도 생활을 바꾸겠다. 너는 우리 함대를 지휘하는 기함(旗艦)이다. 선미에 등을 달고 있다 싶었더니, 네 빨간 코로구나. 그러고 보니 너는 "붉은 등불의 기사"로구나.

바돌프 여보게, 존 양반, 내 얼굴이 폐를 끼치고 있나?

폴스타프 천만의 말씀. 오히려 도움이 되네. 반지에 새긴 해골로 죽음을 기억하는 것처럼, 나는 너의 얼굴을 보고 지옥을 연상하네. 그리고 자색 옷을 입던 부자가 불꽃 가운데에서 괴로워한다는 성경 이야기도 회상하지. 네가 조금이라도 미덕을 갖추고 있으면, 내가 맹세할 때마다 너의 얼굴을 걸고 "하느님의 천사인 이 불꽃"이라고 말할 것이다. 하지만 너는 악마의 손에 넘어갔다. 네 얼굴 한가운데 등불이 없다면, 너는 완전히 암흑

지옥에 빠졌을 것이다. 지난밤, 네가 나의 말을 탈취하려고 개즈힐을 뛰어오르지 않았는가. 그때 나는 너를 도깨비불 아니면 꽃불인 줄로만 알았다. 네놈은 사실인즉, 일 년 중 내내 꽃불 축제였지. 영원히 꺼지지 않는 꽃불이었다! 너 때문에 나는 횃불 값 천 마르크를 절약했지. 선술집에서 선술집으로 걸어 다니는 밤길을 비추는 횃불이 필요하지 않았기 때문이다. 하기야, 너에게 바친 술값을 생각하면, 유럽 최고의 양초집에 대금을 지불해도 돈이 남아돌 거야. 나는 지난 32년간, 네 얼굴에 있는 불 먹는 도마뱀을 기르기 위해 한시도 쉬지 않고 불같은 술을 마셨다. 하나님, 나에 대한 보상을 잊지 마시오!

바돌프　시끄러운 놈이네. 그렇게 걱정된다면 당신 뱃속에 내 얼굴 넣고 다니면 좋겠네.

폴스타프　맙소사! 그러면 내 가슴이 타버릴 거다.

　　술집 주모 등장

어쩐 일이요, 암탉 마님! 내 돈지갑 훔친 놈을 찾았습니까?

퀴클리　아 아니, 존 양반, 무슨 생각을 하십니까? 제가 이 술집에 소매치기를 기르고 있단 말씀입니까? 저는 찾아봤어요. 조사를 해봤죠. 우리 집 양반과 함께 한 사람, 한 사람, 하인에서 심부름꾼까지 이 잡듯이 훑어봤죠. 이 집에는 머리털 한 오라기도 잃어버린 것이 없답니다.

폴스타프　거짓말 마라. 바돌프는 병이 옮아 머리를 깎고 많은 머리털을 잃었어. 틀림없어, 내 주머니를 턴 놈이 있어. 야, 이 화냥

년, 나를 우습게 보지 마라.

퀴클리 아 아니. 나보고 뭐라구? 내가 화냥년이냐? 아니지. 정말로, 나는 단 한 번도 이 가게에서 그런 말 들어본 적이 없어.

폴스타프 개소리 마라. 나는 너를 잘 알고 있어.

퀴클리 흥, 개뿔도 알고 있지 못하면서 수작이야. 나는요, 존 양반, 당신 일은 빠삭하니 알고 있습니다. 당신은 나에게 외상이 있어. 그래서 나에게 싸움을 걸고 얼렁뚱땅 모면하려고 하지. 그래, 그렇지. 나는 당신에게 셔츠 열두 벌을 사주기도 했어.

폴스타프 그래 맞았다. 싸구려 옥양목 셔츠. 몽땅 빵집 마누라한테 줬다. 그랬더니 그것으로 빵가루 훑치는 체를 만들었다더라.

퀴클리 그것은 한 자에 팔 실링 하는 고급이야! 그리고 존 양반. 그 밖에도 밥값이랑, 반주값이랑, 빌려드린 이십사 파운드랑 해서 제게 갚을 빚이 있어요.

폴스타프 그 속에는 이 사람 몫도 있어. 그 사람한테도 달라고 해요.

퀴클리 이 사람이라니요? 이 사람은 백수건달이야.

폴스타프 가난뱅이라구? 이 사람 얼굴 좀 봐요. 이 사람 코를 갖고 금화를 만들어요. 이 사람 뺨으로 금화를 만들어요. 나는 땡전 한 푼 내지 않겠다. 나를 풋내기 아이로 대우할 셈이냐? 이 주막집에서 편하게 쉬려고 했는데 소매치기를 당해야 한단 말이냐? 나는 사십 마르크짜리 할아버지 인장이 찍힌 반지를 잃었어.

퀴클리 맙소사, 왕자께서 몇 번이고 말씀하셨어. 그 반지는 구리로 만든 싸구려 물건이라고 하던데.

폴스타프 뭐라구? 그 왕자 녀석은 형편없는 얌체야. 정말 그렇게 말했다면 지금 여기 없으니 말이지 이 몽둥이로 개처럼 멍들게 패고 싶다.

　　왕자가 피토와 함께 갑옷을 걸치고 진군하듯이 등장. 폴스타프는 손에 든 몽둥이를 피리 불듯이 입에 갖다 댄다.

　　야, 할, 어떻게 됐나? 우리 모두 보조를 맞춰 하나 둘, 하나 둘 출진인가?

바돌프 둘이서 줄 서서 감옥 행차냐?

퀴클리 왕자님, 제발 들어주세요.

왕 자 무엇인가, 퀴클리 주모? 바깥어른은 안녕하셔? 난 그 사람이 좋아. 좋은 사람이지.

퀴클리 여보세요, 왕자님, 제 소청을 들어주세요.

폴스타프 이 여자 제쳐놓고 내 이야기나 들어보소.

왕 자 잭, 무슨 얘긴데.

폴스타프 지난 밤, 저 벽걸이 뒤에서 잠에 곯아떨어졌을 때, 소매치기 당했단 말입니다. 이 집은 보통 주막집이 아니라, 매춘굴이죠. 게다가 호주머니까지 털리는 곳이에요.

왕 자 무엇을 잃어버렸는가, 잭?

폴스타프 듣고 놀라지 마시유, 할. 사십 파운드의 액면가 증권 서너 장과 조부님 인장이 찍힌 반집니다.

왕 자 아, 그 싸구려 물건 말인가. 기껏해야 팔 펜스짜리 물건이지.

퀴클리 저도 그렇게 말했어요. 왕자님도 그렇게 말씀하셨다고요. 그

랬더니, 이 사람이 왕자님한테 험담을 늘어놓는 거예요. 원래
이 사람은 입이 건 사람이죠. 끝내는 왕자님을 팬다는 거예요.

왕　자　설마 그렇게까지는 했겠어?

퀴클리　제 말이 거짓이라면, 저에게는 진실도 성실도 없다는 얘기죠.
아니죠, 저는 여자라고 말할 수도 없겠습니다.

폴스타프　너에게 진실이 있다면, 갈보에게도 진실이 있겠다. 너에게
성실이 있다면, 여우에게도 성실이 있겠다. 네가 여자라면, 로
빈 후드에 등장하는 평판 나쁜 메리앤도 시의원의 아내가 될
수 있겠다. 꺼져버려, 이 몹쓸 물건아!

퀴클리　무슨 물건인데? 뭔데?

폴스타프　무슨 물건? 하느님에게 너 같은 물건이 적은 것에 대하여 감
사하는 거야.

퀴클리　나는 하느님에게 감사해야 될 그런 물건은 아닙니다. 분명히
말해두는데, 나는 정직한 사람의 아내지만, 당신은 기사(騎士)
가 아니었으면 악당일 수밖에 없어.

폴스타프　당신은 여자가 아니었으면 짐승이었을 것이다.

퀴클리　짐승이라고? 어떤 짐승인데, 이 악당아!

폴스타프　어떤 짐승이냐고? 그거야, 수달이지.

왕　자　수달이라고, 존? 어째서 수달인가?

폴스타프　그거야 뻔하지. 이 여자는 물고기도 아니고, 네발 달린 짐승
도 아니죠. 어느 족속에 넣어야 할지 모르니 수달이지.

퀴클리　그런 말을 하다니, 당신은 나빠. 당신이나 나머지 남정네들이
나를 함부로 다루고 있구나. 못돼 먹은 악당들아!

왕　자　주모, 당신 말이 옳아요. 저 사람은 욕설이 지나쳐.

퀴클리　그런데, 왕자님에 대해서도 심한 욕설을 한답니다. 지난번에도 왕자님에게 천 파운드 빌려줬다고 말했어요.

왕　자　보세요, 제가 댁한테 천 파운드 빌렸습니까?

폴스타프　천 파운드요? 할, 아니지, 백만 파운드죠. 왕자님에 대한 우정은 백만 파운드의 가치가 있다는 것이고, 당신이 나에게 그만한 우정의 빚이 있다는 것입니다.

퀴클리　아닙니다요, 이 사람은요, 왕자님을 이 새끼 저 새끼 하면서, 패주고 싶다고 말했어요.

폴스타프　바돌프, 내가 그렇게 말했는가?

바돌프　아, 그래, 존, 그렇게 말했지.

폴스타프　그 말은, 만약에 왕자님이 내 반지를 구리 반지라고 말하면, 그렇게 하겠다는 것이었지.

왕　자　실컷 말해주마. 네 반지는 구리 반지야. 그러면 네가 말한 대로 한 번 말씀해보시게나?

폴스타프　그야 물론 그대도 알고 있으시겠지, 당신이 보통 사람이라면 몰라도, 왕자님이시니깐 이야기가 달라요. 나는 사자 새끼 울음소리를 겁내듯이 왕자님을 겁내고 있어요.

왕　자　왜 사자라고는 말하지 않는가?

폴스타프　사자처럼 무서워하는 것은 임금님뿐이다. 당신은 내가 임금님을 무서워하듯 당신을 무서워한다고 생각하는가. 천만에, 무서워한다면 어떤 재앙도 상관하지 않겠다. 이 허리띠가 끊어져도 상관치 않겠다.

왕 자 허리띠가 끊어지면 큰일이지. 네 창자가 무릎 주변에 흘러 넘
치게 될 테니 말이네! 자네 가슴속에는 진실과 성실과 정직성
이 없어. 내장과 횡격막으로 꽉 차 있어. 너는 정직한 부인한
테 절도의 죄를 뒤집어씌우려고 하네! 이 뻔뻔스러운 뚱보 녀
석아, 네 호주머니 속에 도대체 무엇이 들어 있었다는 거냐.
선술집 계산서, 매춘굴의 메모지, 헐떡이는 숨결을 진정시키
는 얼음사탕 한 조각, 그 밖에 잃으면 손해 보는 귀중품이 있
었다고 한다면, 나를 악당이라 불러도 좋다. 그래도 할 말이
있는가? 털린 것이 억울해서 못 참겠다는 거냐? 창피한 줄 알
라!

폴스타프 들어주게나, 할. 아담과 이브는 죄악이 없는 낙원에서도 타
락할 수밖에 없었다. 그렇다면 이 가련한 잭 폴스타프는 악덕
이 판을 치는 이 말세에서 어떻게 하면 좋을까? 보는 바와 같
이 나는 남보다 살점이 많아요. 그래서 남보다는 정도에서 벗
어나기 쉽지요. 자네 얘기를 듣고 있으니, 내 주머니를 턴 사
람이 바로 너로구나?

왕 자 그런 소문도 있는 모양이다.

폴스타프 주모, 당신의 혐의는 풀렸다. 용서하마. 자, 아침식사 준비
를 해주세요. 남편을 사랑하고, 하인들을 보살피며, 손님들을
소중히 여기세요. 나는 정직한 얘기가 잘 먹히는 사람이요. 봐
요, 금세 기분이 좋아졌지요. 물러가도 좋소. (퀴클리 퇴장) 그런
데. 할, 왕궁의 소식을 들려다오. 강도짓거리는 어떻게 처리되
었는가?

왕 자 아, 이 사람, 고깃덩어리 양반, 언제나 나는 그대의 수호신이다. 그 돈은 변상되었다.

폴스타프 나는 변상이라는 말이 마음에 들지 않는다. 그건 이중의 고통이다.

왕 자 그러나 부왕과 화해를 했으니 무엇이나 할 수 있다.

폴스타프 그렇다면 네가 당장 해야 되는 일은 국고를 몽땅 터는 일이다. 손 씻을 틈도 없이 즉시 해야 한다.

바돌프 즉시 합시다, 전하.

왕 자 자네가 할 일을 얻어왔네. 잭, 보병대장이다.

폴스타프 보병대보다는 기병대가 좋은데. 하여튼 좋아. 잘 훔치는 녀석은 없는가? 스물두어 살 된 젊은이는 없는가. 나는 지금 호주머니 사정이 너무 나빠. 그건 그렇고, 반란을 일으킨 자들에게는 감사를 하자. 그들이 해를 끼친 사람들은 착한 사람들뿐이다. 나는 그들에게 박수를 보낸다. 갈채를 보낸다.

왕 자 바돌프!

바돌프 전하?

왕 자 이 편지를 동생 랭카스터 공 존에게 전해주게. 이것은 웨스트모어랜드 백작에게. (바돌프 퇴장) 피토, 말이다. 말을 준비하게. 너와 나는 정오 때까지 삼십 마일을 달려야 한다. (피토 퇴장) 잭, 내일 오후 두 시에 템플 홀에 와주게. 기다리겠다. 그곳에서 너의 임무를 지시하겠다. 동시에 출진에 따르는 비용과 그 밖의 것을 전달하겠다. 지금 온 나라가 불붙고 있다. 퍼시는 콧대가 높다. 그놈을 때려잡든가, 우리가 몰사(沒死)하든가, 둘

중의 하나다. (퇴장)

폴스타프　명대사로다! 신나는 세상이다! 주모, 아침식사를 주시오, 아아, 나는 이 집에서 전투장의 북을 치고 싶다. (퇴장)

제4막

제1장 슈루즈베리 근처 반란군의 진영

홋스퍼, 우스터, 더글러스 등장

홋스퍼 잘 말했다, 더글러스 백작! 진실을 말하는 것이 외관(外觀)만을 장식하는 요즘 세상에서 아부라고 생각되지 않는다면, 더글러스 가(家)야말로 당대의 무인 집안에서 세계 어디 내놔도 부끄럽지 않다는 것을 말해두고 싶다. 나는 아첨을 떨지 못하는 사람이요, 아부의 말을 배척하는 사람입니다. 그런 내가 말하지만 내가 진심으로 탄복하고 있는 사람이 바로 당신이죠. 이 말이 거짓이 아니라는 것을 시험해보아도 좋소.

더글러스 귀하는 명예로운 왕이십니다. 어떤 강력한 인간을 만나더라도 나는 결투를 할 것입니다.

홋스퍼 그렇게 하시오.

　　　　　사자(使者)가 편지를 들고 등장.

무슨 편지냐? 그래요, 지금 그 말씀에 감사하오.

사　자 부친으로부터 편지가 왔습니다.

홋스퍼 부친으로부터? 왜, 직접 오시지 않았는가?

사　자　중환으로 인해 오시지 못했습니다.

홋스퍼　제기랄! 병에 걸릴 여유가 어디 있담. 이 중대한 국가 변란 시기에? 그렇다면 부친의 군대는 누가 인솔하고 있는가? 누가 지휘하고 있는가?

사　자　그분의 뜻은 이 편지 속에 있습니다. 저는 모릅니다.

우스터　그렇다면 형님께서는 자리에 누워 계신가?

사　자　네, 소생이 출발하기 나흘 전부터 내내 그랬습니다. 그곳을 출발할 때에도 의사들이 모여서 무척 근심 걱정을 많이 하고 있었습니다.

우스터　아, 이왕 병에 걸릴 바에는 사태가 정상으로 돌아온 후라면 좋았을 것이다. 지금만큼 형의 건강을 소망하는 경우가 또 있겠는가.

홋스퍼　지금에야 병에 걸리다니! 지금에야 자리에 눕다니! 부친의 병은 우리들의 거사를 위한 생명의 피를 썩게 만들고, 이곳 진영의 공기마저 오염시킬 염려가 있다. 이 편지에 의하면, 내장의 질환이라고 적혀 있는데, 또 이렇게 적혀 있다. 동지들의 소집은 대리로는 불가능하고, 이토록 중요하고 위험한 일을 나 이외의 다른 사람이 맡는다는 것도 올바른 조치라 할 수 없다. 그렇지만 아주 대담한 지시를 내리고 있다. 비록 우리 연합군의 병력이 소수이긴 해도, 결단코 병력을 진격시켜 운명의 여신의 의중을 시험해보자는 것이다. 여기 적혀 있는 대로, 지금 이 시점에서 우리가 주저해서는 안 된다. 우리들의 의도는 이미 왕에게 전달되고 있다. 숙부님의 생각은 어떠십니까?

우스터 형의 병환은 우리들에게 큰 타격이다.

홋스퍼 생명을 위협하는 깊은 상처입니다. 팔 하나가 잘려나간 느낌입니다. 하지만, 사실은 그렇지 않습니다! 지금은 부친이 안 계시는 것이 뼈아프게 느껴지지만, 결과는 그렇게 심각한 것은 아닙니다. 우리들의 전 재산을 단 한 번의 도박에 걸어버리는 일이 좋은 일입니까? 그 많은 재산을 결과가 불확실한 승부에 내던지는 일이 옳은 일입니까? 그것은 좋은 일이 아닙니다. 그 일을 하게 되면, 우리들은 희망의 밑바닥을, 우리들 운명의 마지막 한계를 보고 마는 셈이 됩니다.

더글러스 반드시 그렇게 될 것이다. 부친이 뒤에 물러 있으면, 장래의 희망에 기대를 걸 수 있다. 그 희망에 의존하여, 지금 수중에 있는 것을 대담하게 투자할 수 있다. 만약의 경우 물러설 장소가 있는 것은 더없는 위안이 된다.

홋스퍼 그렇소. 숨을 집이 있는 셈이오. 도피처가 있는 셈이오. 만일 악마와 불행이 우리의 첫 시도를 악의에 찬 얼굴로 노려본다 해도 그렇소.

우스터 그렇다 하더라도, 그대의 부친이 오셨으면 좋을 뻔했다. 이번 거사는 일의 성질상 병력의 분산을 허락지 않는다. 그의 불참 이유를 확실히 모르는 자들은 이렇게 생각할 것이다. 노섬벌랜드 백작은 지혜와 왕에 대한 충성심으로, 그리고 우리들의 거사에 대한 혐오감으로 전투장에 오지 않았다. 생각해보라. 그런 억측은 또 다른 억측의 바람을 일으켜 반란의 파고(波高)를 썰물로 바꿔놓고, 우리들의 대의명분까지 의심하는 사태로 번지게 된다. 왜냐하면 귀하들도 잘 알고 있듯이, 우리 공격 쪽은 혹독한 비판이 닿지 않는 곳에 자리를 잡고, 이성의 눈이 들여다볼 수 있는 틈새를 모조리 막아놓지 않으면 안 된다. 그런데 형의 불참은 일부러 커튼을 열고 아무것도 모르는 자에게 지금까지 꿈에도 생각지 못한 공포의 정체를 보여주는 결과가 된다.

홋스퍼 과장이 지나치십니다. 나는 부친의 불참을 역이용해서, 이렇게 말하고 싶소. 그것은 부친이 이곳에 계시는 것보다 더 우리들의 거사가 빛나는 명성을 얻게 되고, 우리들의 용기를 불러일으키는 일이 될 것이다. 왜냐하면 부친의 도움 없이 왕국 하나를 상대해서 병력을 진군시킨다는 것은, 부친의 도움이 가세하는 경우에는 왕국의 전복이 필연적이라고 사람들이 믿기 때문이다. 우리들은 순풍의 돛단배다. 우리들의 사지도 건전하다. 더글러스. 그렇다. 만사형통. 스코틀랜드의 사전에는 공포라는 단어는 없다.

리처드 버논 경 등장

홋스퍼 버논 아닌가! 어서 오시오!

버 논 잘 왔다고 말할 만큼 기쁜 소식이면 좋겠소. 웨스트모어랜드 백작이 칠천 병력을 이끌고, 이곳으로 진격 중이라는 소식입니다. 왕자 존도 함께 있습니다.

홋스퍼 아무 지장 없어요. 또 뭐가 있소?

버 논 그리고, 소문에 의하면, 왕이 몸소 출전하고 있답니다. 강력한 군비를 갖추고 이곳으로 향해 질주하고 있는지도 모를 일입니다.

홋스퍼 왕이 출전했다면 대환영이다. 그의 아들은 어떻게 하고 있나? 발 빠른 떠벌이 태자 말이다. 그리고 세상을 저버리고 날뛰는 그의 패거리들은 어디에 있는가?

버 논 전원이 무장하고, 무기를 손에 들고 있습니다. 바람에 날갯짓하는 타조처럼, 방금 목욕을 마친 독수리처럼 깃털로 장식하고 있습니다. 금빛 갑옷에 몸을 둘러싼 이들은 마치 영웅의 모습을 닮았으며, 사기 충천함은 마치 오월의 들판을 가로지르는 바람 같습니다. 빛나는 모습은 한여름 천공을 지배하는 태양입니다. 어린 염소처럼 희롱대고, 들송아지처럼 난폭합니다. 투구를 눌러 쓰고, 넓적다리 가리개를 걸치며, 당당하게 무장을 한 해리 왕자의 젊은 마상(馬上)의 모습은 날개 달린 사신(使臣) 머큐리가 지상에 내려온 모습 그대로입니다. 또한 그의 모습은 마치 구름에서 내려온 천사가 천마 페가수스를 몰아 훌륭한 마술(馬術)을 보이고, 온 세상 사람들을 매혹하는 듯했습니다.

홋스퍼 됐어, 그만하면 됐어! 그 상찬(賞讚)의 말은 학질을 일으키는 삼월의 태양보다 더 해롭소. 올 테면 오라! 희생양처럼 잘 꾸미고 오는구나. 뜨거운 피가 흐르는 너희들을 전쟁의 여신인 불꽃 눈의 벨로나에게 바치겠다. 제단에 앉아 있는 군신 마르스도 그놈들의 피로 귀밑까지 붉게 물들 것이다. 아, 나는 불타기 시작한다. 이토록 풍성한 노획물이 눈앞에 밀려오고 있는데도 아직 내 수중에 들어오고 있지 않다니! 달려라, 군마여, 내 채찍을 받아라. 내 말은 나를 태우고 천둥 번개처럼 태자의 가슴을 향해 돌진할 것이다. 그때는 해리가 해리와 맞상대하고, 준마(駿馬)와 타마(駝馬)가 격돌하며, 어느 한쪽이 시체가 되어 낙마할 때까지는 떨어지지 않을 것이다. 아아, 글렌다워가 왔으면 오죽 좋았겠는가!

버 논 그 일에 관한 보고가 또 있습니다. 우스터를 지나갈 때 들었습니다만, 글렌다워가 병력을 모으려면 이 주일이 걸릴 모양입니다.

더글러스 뭐라구, 지금까지 들은 보고 가운데 최악이다.

우스터 그렇군, 불길한 소식이네.

홋스퍼 왕의 총 병력은 얼마나 되나?

버 논 삼만이 될 것입니다.

홋스퍼 사만이면 좋겠다. 부친과 글렌다워 군사가 오지 않더라도, 오늘의 결전은 우리들만의 군사로도 충분하다. 자, 급히 열병(閱兵)을 합시다. 인생, 어차피 죽을 목숨이면 모두들 웃으면서 죽자.

더글러스 죽는 얘기는 그만해둡시다. 나는 죽음이 두렵지 않소. 적어도 앞으로 반년 동안은 죽음의 손이 얼씬도 할 수 없다. (퇴장)

제2장 코벤트리 부근 가도(街道)

폴스타프와 바돌프 등장.

폴스타프 바돌프, 한 발 먼저 코벤트리에 가게나. 용건은 술병에 술을 가득 채워두는 일이다. 우리 군대는 코벤트리를 통과해서 오늘 밤 안으로 서턴 코필에 도착한다.

바돌프 대장, 돈 좀 주소.

폴스타프 네 호주머니 돈 좀 풀어라.

바돌프 이번 술까지 해서 도합 십 실링이 됩니다.

폴스타프 그런가, 그렇다면 네 수고비도 받아두라. 이십 실링이 되더라도 모두 챙기게나. 화폐 주조의 책임은 내가 진다. 그리고 부관 피토에게 마을 끝에서 나를 만나자고 전해주게.

바돌프 알겠습니다, 대장. 가겠습니다.

폴스타프 내 졸병들 꼴 좀 봐라! 이 일이 부끄럽지 않으면 나는 소금에 절인 성대(생선의 한 종류-역자 주)가 된다. 나는 국왕의 징병권을 악용했다. 덕택으로 나는 백오십 명의 병졸 대신에 삼백여 파운드의 금전을 꿀꺽했다. 징병의 대상은 유복한 집안이나 지주의 아들들이다. 두 번이나 이의가 없다고 선서하고 약혼한 총각들도 뒤지고 끌어냈다. 팔자 좋게 살아온 놈들, 싸움터의 북소리보다는 악마의 소리가 더 낫다고 하는 놈들, 총소리만 들으면 총상 입은 들오리보다 더 놀라는 놈들만 골라냈다. 그런 겁보들, 간덩이가 바늘 끝만큼도 없는 놈들을 노렸더니, 모두들 돈을 내고 징병을 피했다. 그 결과 내 부대는 기수, 하사관, 장교, 부관에 이르기까지 굶주린 개한테 상처를 빨리고 있는, 벽걸이에 그려진 나사로 같은 누더기 노비들뿐이다. 이들은 군인 생활을 하루도 해보지 않았던 놈들이지. 돈을 처먹고 쫓겨난 머슴들, 차남들의 차남들, 뺑소니 친 술집 급사들, 실직한 말구종, 태평성세의 식충들, 누더기 된 군기(軍旗)보다 십 배나 더 초라한 잡놈들이다. 이런 잡놈들이 돈으로 모면한 것들의 자리를 채우지 않으면 안 되었지. 이렇게 되면 누가 보아도, 돼지 치면서 쓰레기나 곡식 껍데기로 연명한 멍청이들을 내가 백오십 명이나 끌어낸 것을 알게 될 것이다. 여기 오는 도중 어떤 미친놈이 나에게 뇌까렸어. 당신, 정말이지, 잘도 했네. 교수대에서 끌어내린 송장들로 부대를 편성했으니! 이런 허수아비를 본 사람이 단 한 사람이라도 있을까? 이런 놈들을 끌고 코벤트리 거리를 행진하는 일은 죽어도 못 하겠다. 행진한다 하더라도 이들은 족쇄를 찬 것처럼 사타구니를 벌리고 어기적어기적 걷지 않겠나. 그놈들 대부분이 감옥에서 나온 것들이니 어쩔 수 없는 일이지. 부대 전체에 내복 한 벌 반밖에 없고, 그 반 토막 셔츠도 손수건 두 장을 이어서 만든 사환들이 입는 소매 없는 옷으로, 어깨에 걸치기만 하는 것이다. 한 벌의 내복을 실토하면 세인트올반스의 선술집 주인이던가, 아니면 데이븐트리의 딸기코 주막집 주인으로부터 훔친 것이었다. 그건 아무래도 좋다. 어차피 가는 곳마다 울타리에는 얼마든지 내복이 널려 있을 테니. 안 그런가?

왕자와 웨스트모어랜드 백작 등장.

왕 자 여봐, 배불뚝이 잭! 어찌 된 영문인가, 털이불 잭?

폴스타프 아아니, 할 아닌가! 너야말로 어찌된 영문인가, 미친놈! 이 고장 워릭셔에서 대관절 무얼 하고 있는 거야? 아아니, 웨스트모어랜드 백작 아니십니까. 실례했습니다. 벌써 슈루즈베리에 도착했을 줄 알았습니다.

웨스트모어랜드 그렇다, 존 경, 나는 지금쯤 그곳에 도착했어야 하는 시각이다. 물론 자네도 그렇지. 내 부대는 이미 그곳에 도착했을 것이다. 왕은 우리 모두를 기다리고 계실 테니, 우리는 밤 사이 서둘러 가지 않으면 안 된다.

폴스타프 제 문제라면 근심 걱정 거두십시오. 저는 크림을 축내는 도둑고양이처럼 빈틈이 없습니다.

왕 자 그럴 테지. 크림을 빨았더니 기름 덩어리가 되었으니. 그건 그렇고, 뒤에서 졸졸 따라오는 병졸들은 어느 부대원이냐?

폴스타프 내 부하들이오. 할, 내 부하요.

왕 자 저렇게 처참한 부대는 처음 봤다.

폴스타프 천만에, 창끝에 세우기에는 안성맞춤이다. 총알받이에도 쓸모가 있어. 총알 말이다. 묘지 구덩이를 채우는 데는 신분 계급이 필요 없어. 결국은, 죽을 운명이야, 인간은 결국 죽을 운명이야.

웨스트모어랜드 그렇지만, 존 경, 너무 초라해 보인다. 거지꼴들이야.

폴스타프 저 가난함이 어디서 왔는지 알 수는 없지만, 확실한 것은 저들의 초라함은 나로부터 전해진 것은 아니라는 것입니다.

왕 자 그렇긴 하다. 늑골에 손가락 세 개 정도 붙은 기름살을 초라하지 않다고 말한다면. 너도 서둘러야 한다. 퍼시는 이미 전쟁터에 나와 있다. (퇴장)

폴스타프 그렇다면 왕도 진지(陣地)에 오셨나요?

웨스트모어랜드 존 경, 그렇다. 우리들이 너무 지체하면 안 된다. (퇴장)

폴스타프 그런데 말씀이야, 전쟁은 꼬리에 붙고, 연회는 첫째로 간다. 이것이 엉터리 군인과 식충이 지키는 원칙이다. (퇴장)

제3장 슈루즈베리 근처 반란군의 진영

홋스퍼, 우스터, 더글러스, 버논 등장.

홋스퍼 오늘 밤 그놈과 싸운다.

우스터 그건 안 됩니다.

더글러스 오늘 밤을 놓치면 적이 유리해진다.

버 논 그렇게는 안 됩니다.

홋스퍼 왜냐? 적은 원군이 오는 것을 기다리고 있다.

버 논 우리도 그렇습니다.

홋스퍼 그들은 확실하지만, 우리는 의심스럽다.

우스터 조카, 내 의견을 따라 오늘 밤은 출동하지 마라.

버 논 제발 오늘 밤은 움직이지 마시오.

더글러스 그 의견은 잘못되었다. 겁에 질려 하는 소리 같은데?

버 논 더글러스, 헐뜯지 마라. 나는 목숨 걸고 말하고 있다. 나는 목숨 걸고 지키고 있다. 만약에 조심스럽게 숙고한 끝에 전쟁터에 나왔다면 나는 어떤 스코틀랜드인도 무섭지 않다. 이 점에 있어서 나는 당신이나 스코틀랜드인과 같으며, 내일 전쟁터에서 이 일은 확실해질 것이다. 둘 중에 누가 겁을 먹고 있는지 말이다.

더글러스 좋아, 오늘 밤이라도 좋아.

버 논 좋다.

홋스퍼 그렇다면, 오늘 밤이다.

버 논 보세요, 그건 서툰 일입니다. 나는 이 일이 도무지 이상합니다. 당신처럼 영도력이 있는 훌륭한 장군이 선견지명을 잃고 우리 군대가 직면하고 있는 장애를 모르고 있으시다니. 나의 조카 버논이 이끄는 기병대도 도착하지 않고 있으며, 귀하의 숙부이신 우스터의 기병대도 겨우 오늘에야 도착했습니다. 아직도 이들의 사기는 앙양(昻揚)되지 않고 있으며, 장거리 행진으로 피로가 쌓여 용기가 침체되어 있습니다. 인마(人馬) 모두가 이들이 지닌 반의 반 분의 기력도 없습니다.

홋스퍼 그것은 상대방 적들도 마찬가지가 아닌가? 예외 없이 강행군에 지쳐 의기소침하고 있다. 오히려 우리 군은 대부분이 충분한 휴식을 취하고 있다.

우스터 그렇지만 왕의 병력은 그 수에 있어 우리 군보다 우세하다. 부탁이다, 해리, 모두 도착할 때까지 기다려다오.

군사(軍使)의 도착을 알리는 나팔 소리. 기사 월터 블런트 경 등장.

블런트 국왕의 사자로서 친서를 휴대하고 왔습니다. 경청해주신다면 다행이겠습니다.

홋스퍼 잘 오셨소. 월터 블런트 경, 그대도 우리와 뜻을 함께하기를 원했다! 우리 가운데는 그대를 깊이 사랑하는 사람도 있다. 그들도 그대의 위대한 공적과 명성을 아까워하며, 마음속으로 유감스러워하고 있다. 지금 이렇게 우리 측에 가담하지 않고 적대행위를 하고 있으니 말이다.

블런트 나는 항상 당신들과는 적대적인 관계에 있소. 귀하들이 정당한 국왕에 대하여, 신하의 분수를 넘고, 불법적인 적대행위를 감행하고 있기 때문이오. 그건 그렇고 용건을 말하겠소. 국왕이 듣고 오라고 소생에게 하명하신 것은, 귀하들의 불평불만이 어디에 있으며, 무엇 때문인지, 이 평화로운 나라의 가슴속에 이토록 대담한 반역심을 불러일으키고, 충성스러운 민심에 부당한 잔인성을 가르치려고 하는 이유가 무엇인가 하는 점이오. 만약에 국왕이 귀하들의 공적을 잊으셨다면, 그런 일이 있은 것에 대해서는 국왕이 유감을 표하고 있습니다만, 여러분이 불만을 토로하면 국왕은 즉각적으로 여러분의 희망에 이자를 붙여 귀하는 물론이거니와 귀하에게 유인되어 길을 잃은 이들도 무조건 용서한다는 것입니다.

홋스퍼 왕은 친절하십니다. 우리는 왕이 언제 약속을 하며, 언제 이행하는지 잘 알고 있습니다. 나의 부친과 숙부, 그리고 나 세 사람이 그가 현재 몸에 걸치고 있는 왕권을 안겨주었습니다. 그에게 추종하는 사람이 불과 스물여섯 명, 세상으로부터 버림받고, 비참한 모습으로 천한 유랑자가 되어 남몰래 귀국했을 때, 해안에까지 나가서 반갑게 영접한 분이 저의 가친이셨습니다. 그때 그는 신에게 맹세하면서, 그가 귀국한 것은 랭카스터 공의 신분으로서 영토 반환을 청하고, 돌아가신 부왕을 계승하여, 당시의 국왕 리처드 2세에게 화해를 구걸하기 위해서였다고 말했습니다. 그는 순정의 눈물을 흘리며 충성의 맹세를 하면서 말했기 때문에 가친은 친절한 마음으로 측은하게 생각해서 후원을 약속하고 이를 이행했습니다. 가친 노섬벌랜드가 그에게 편드는 것을 보고, 온 나라의 귀족과 대감들은 신분의 고하를 막론하고, 한마음이 되어 그의 앞에서 모자를 벗고 무릎을 꿇었습니다. 그가 행차하는 곳이면 마을이건 촌락이건 서로 다투듯이 환영하고, 다리에서 그를 출영(出迎)하고, 샛길에서 그를 반기며, 그에게 선물을 바치고, 충성을 맹세하며, 그들의 자녀들을 시동으로 바치고, 현란한 무리를 이루어 그의 뒤를 따랐습니다. 그러나 그는 자신의 권력에 눈뜨자, 순식간에 지나친 행동을 하기 시작했습니다. 기력이 빠져 황량한 레이븐즈퍼그 해안에 상륙했을 때, 가친에게 했던 맹세를 스스로 어겼습니다. 현재 그의 행동을 보십시오. 국민들이 견디기 힘들다는 미명하에 숱한 포고령과 엄한 법령을 멋대로 폐지하고, 시대의 악습이라고 큰 소리로 비난하며 국가의 불행을 과장해서 개탄합니다. 그리하여 이것을 간판 삼아 겉으로 정의의 가면을 쓰고, 그는 능숙하게 민중의 마음을 낚아 올렸습니다. 나아가서는 선왕 리처드 2세가 아일랜드 원정에 오른 부재 시에 자신의 대리인으로 남겨두었던 충신들의 목을 쳤습니다.

블런트 그만하시오. 나는 그런 말을 들으려고 온 것이 아닙니다.

홋스퍼 그렇다면 요점을 말하겠소. 그 직후 그는 왕을 폐위시켰습니다. 그런 일이 있은 다음, 곧이어 그는 왕의 목숨을 빼앗았습니다. 그리고 그는 전 국민에 중세(重稅)를 부과했어요. 설상가상으로 그는 친척인 마치 백작을 웨일스인에게 인질로 넘겼습니다. 마치 백작은 권리를 가진 자가 정당한 자리를 확보할 수 있다면, 왕이 되어야 하는 인물이었소. 그는 그의 몸값을 지불하고 구출할 생각을 하지 않고 그를 방치해두었습니다. 그리고 또 있습니다. 내가 빛나는 무훈을 세웠기 때문에 나를 배척하고, 스파이를 사용해서 나를 함정에 빠뜨리려고 했습니다. 숙부 우스터를 질책해서 의회에서 축출하고, 화가 나서 가친을 궁정에서 내쫓기도 했지요. 맹세를 거듭거듭 어기고, 부정을 되풀이했습니다. 그 결과 우리들은 부득이 스스로의 안전을 위하여 거사를 하지 않으면 안 되었소. 우리들은 그의 왕위 계승권을 문제로 삼고 싶습니다. 아무리 보아도 정통에서부터 멀리 떨어져 있는 그의 왕위를 더 이상 지속시킬 수 없소.

블런트 귀하의 말을 그대로 왕에게 전달해도 좋겠지요?

홋스퍼 잠깐, 월터 경. 우리는 안에 들어가서 협의를 하렵니다. 귀하는 왕에게 돌아가서 인질을 보내도록 해주시오. 내일 아침 일찍 우리들의 의사를 전달하기 위하여 숙부를 왕에게 가도록 할 텐데 무사 귀환의 보증이 필요합니다. 오늘은 이만 작별합시다.

블런트 왕의 관대한 마음을 받아주시기 바랍니다.

홋스퍼 그렇게 되었으면 좋겠습니다.

블런트 그렇게 되기를 기원하겠습니다. (일동 퇴장)

제4장 요크, 대주교의 저택

요크의 대주교와 신부 마이클 등장.

대주교 부탁이네, 마이클 신부, 빨리 서둘러 이 봉서(封書)를 궁내장
관 손에 전달해주게. 이것은 조카 스크루프에게, 그리고 나머
지는 제각기 전할 곳에 전달하게나. 그대가 이 편지의 중요성
을 알게 되면, 급히 서두르게 될 것이다.

마이클 대사교님, 그 내용을 짐작할 수 있겠습니다.

대사교 그럴 것이다. 내일은 말이다, 마이클 신부, 일만 명의 인간들
이 생사를 걸면서 그들의 운명을 시험하게 될 것이다. 왜냐하
면 내일 드디어, 슈루즈베리에서 내 정보에 착오가 없는 한,
왕은 급히 모병(募兵)한 대군을 이끌고 해리 경과 격돌하기 때
문이다. 그런데 마이클 신부, 내가 걱정하는 첫 번째 일은 노
섬벌랜드 공이 병에 걸려 드러눕는 바람에 해리 경의 최대 병
력이 약화된 일이고, 또 다른 걱정거리는 오웬 글렌다워가 예
언인가, 무엇인가를 구실 삼아 모습을 나타내지 않기 때문에

크게 의존했던 군대가 참가하지 않는 일이다. 이렇게 되면 해리 퍼시 측은 너무나 열세에 몰려, 왕의 대군을 상대로 단숨에 승패를 결정할 수 없을 것이다.

마이클 아닙니다, 대사교님, 염려 놓으세요. 더글러스도 있고, 모티머 경도 있지 않습니까.

대사교 아니다. 모티머는 없다.

마이클 하지만, 모데이크, 버논, 해리 퍼시가 있고, 우스터 경도 있습니다. 이들 군세는 용감한 용사들과 명문의 귀족들로 구성되어 있습니다.

대사교 확실히 그렇다. 그러나 왕이 끌어모은 군사들은 전국에서 뽑힌 정예의 군사들이다. 태자 해리, 그의 동생 랭카스터 공 존, 웨스트모어랜드 백작, 무공을 떨친 블런트, 그 밖에도 역전의 용사, 무훈을 자랑하는 명장들이 서로 다투듯 그의 깃발 밑으로 모여들었다는 거야.

마이클 아닙니다, 그들은 더 큰 강적을 만난 셈이죠.

대사교 나도 그렇게 생각한다만, 그러나 조심해야 돼. 최악의 사태를 막기 위해서, 마이클, 급히 서둘러주게. 만일에 퍼시 경이 패하게 되면, 아마도 왕은 그의 병역을 해산시키지 않고 이곳에 쳐들어올 것이다. 우리들이 한통속인 것을 왕이 알고 있기 때문이다. 그 일에 대비해서 단단히 수비를 강화하는 것이 현명하다. 그러니, 급히 서두르라. 나는 지금부터 다른 동지들에게 편지를 쓰지 않으면 안 된다. 그러면, 마이클, 잘 가게. (퇴장)

제5막

제1장 슈루즈베리 근처 왕의 진영

왕, 왕자 헨리, 랭카스터 공 존, 기사 월터 블런트, 폴스타프 등장.

왕 핏빛 태양이 저 건너 우거진 언덕 위에서 얼굴을 내밀기 시작하는구나! 노여움에 병들어 태양도 아침 얼굴이 창백해 보인다.

왕 자 이 남풍은 태양의 마음을 전하는 나팔수의 역할을 하고 있는 듯합니다. 나뭇잎 사이로 불고 지나는 공허한 바람 소리는 다가오는 폭풍의 하루를 예언하고 있습니다.

왕 그 소리는 패자에 대한 동정의 소리로다. 승자에게는 어떤 바람도 불길하지 않다.

　　　나팔 소리. 우스터와 버논 등장.

왕 아, 우스터 경! 아주 유감스러운 일이오. 경과 내가 이런 일로 연관되어 서로 얼굴을 맞댄다니 말이네. 경은 나의 신뢰를 배반했소. 그리하여 나의 편안한 평화의 의복을 벗겨, 이 노구(老軀)에 불편한 갑옷을 억지로 입혔어요. 이 일은 잘못된 것이오. 우스터 경, 아주 유감스러운 일이오. 어떠시오? 가증스러운 전쟁의 단단한 매듭을 풀어 원래의 상태로 돌려놓을 생각은 없소? 경도 다시 올바른 생활의 궤도로 돌아와, 아름다운 자연의 빛을 발산하고 있었던 과거의 그 별로 돌아오지 않으시겠소? 궤도를 벗어난 유성이 되지 마시오. 미래의 사람들에게 닥치는 무서운 재난의 전조가 되지 마시오. 불길한 일을 알리는 역할을 맡지 마시오.

우스터 폐하, 말씀드리겠습니다. 저로서는 더 말할 필요 없이 얼마 안 되는 여생을 조용히 지낼 수만 있으면, 그것만으로도 만족합니다. 제가 분명히 해두려는 것은 오늘의 불화를 초래한 것은 제가 아니라는 것입니다.

왕 경이 하지 않았다면 누가 했는가?

폴스타프 반란이 땅에 떨어져 있는 것을 발견했을 뿐인가.

왕 자 시끄럽다. 입 다물어, 수다쟁이!

우스터 그 원인은 폐하께서 저와 우리 일가를 냉대했기 때문입니다. 폐하, 이것만은 기억해주십시오. 우리 일가는 폐하의 최초이면서도 최고의 친구였습니다. 폐하를 위하여 저는 리처드 왕의 궁정에서 궁내의 요직을 내동댕이치고 밤낮으로 폐하 가시는 길에 따라가 손에 입맞춤을 했던 것입니다. 실례 말씀입니다만 그 당시 폐하는 지위와 명성에 있어서 저를 따라갈 수 없었습니다. 폐하를 귀국시키고, 당시의 대세를 역행하면서 앞길을 열어준 것은 저와 저의 형, 그리고 형의 아들 해리 퍼시였습니다. 폐하는 돈카스터에서 서약을 했습니다. 그 서약에서 폐하는 국가에 대해서는 아무런 야심도 없고, 다만 새로 입수한 랭카스터 가의 영토였던 곤트의 상속권만을 요구할 따름

이라고 말씀하셨습니다. 그 서약 때문에 저희들은 폐하를 도
와드릴 것을 맹세했습니다. 그러다가 얼마 안 되어 행운이 폐
하에게 소나기처럼 쏟아졌지요. 위대한 영광이 폐하의 몸에
홍수처럼 흘러들었습니다. 이 모든 일이 이루어진 것은 우리
들의 협조, 선왕 리처드의 부재, 혼란한 시대에 번지기 마련인
부정, 용케도 고난을 참고 견디는 듯한 폐하의 모습, 선왕에게
불리하게 작용한 지체되는 아일랜드 토벌, 그리고 전국에 소
문으로 퍼지는 선왕의 죽음, 이런 사정이 있었기 때문이었습
니다. 이토록 유리한 조건이 겹치고 겹치면서 밀려올 때, 폐하
는 기회를 놓치지 않고 주변 사람들의 간청을 받으면서 국왕
의 대권을 손에 넣을 수 있었습니다. 말하자면 폐하는 돈카스
터에서의 서약을 잊으신 겁니다. 그 결과 폐하는 당신을 키운
우리들에게 배은망덕의 새 뻐꾸기가 참새를 대우하듯 냉대했
습니다. 새끼로서 태어나 자란 다음 우리의 둥지를 자기 것으
로 만들고, 우리들의 먹이로 크게 성장하더니 잡아먹힐까 봐
두려워 폐하를 사랑하는 우리들의 접근을 막았습니다. 몸의
안전을 위하여 할 수 없이 폐하 곁에서 멀리 물러나서, 오늘의
거사를 일으키게 된 것입니다. 지금은 병사를 거느리고 폐하
와 대치하게 되었습니다만, 그 원인은 폐하 자신이 자초한 일
입니다. 우리들에 대한 무정한 대우와, 협박조의 태도, 그리고
귀국 직후 우리들에게 하신 맹세를 저버린 배신행위 때문에
갈고 닦인 칼을 받고 계십니다.

왕　　경들은 이러한 일들을 일일이 나열하여, 광장의 십자가에 붙

이거나 교회에서 낭독했소. 그렇게 해서 모반의 의상을 화려하게 걸치게 되었으며, 그 색깔은 화려해서 경솔하고 무절제한 자들이나, 궁핍한 불만분자(不滿分子)들이 보고 즐겼지요. 그들은 천지가 뒤바뀌는 혁명적 소란을 숨을 죽이고, 팔꿈치를 부비며 기다리고 있소. 예나 지금이나 어떤 폭동도 그 명분을 색칠하는 염료에 궁한 적이 없고, 혼란과 약탈과 파괴의 시대가 오기를 갈망하는 불만분자가 없었던 때도 없었소.

왕 자 이번 회전(會戰)으로 결판이 나면 양군이 똑같이 다수의 희생자가 나오게 됩니다. 왕자인 나는 헨리 퍼시를 칭찬하는 일에 있어서 남에게 떨어지지 않는다는 사실을 경의 조카에게 전해 주십시오. 맹세코 하는 말이지만, 이번의 반란을 모의한 것을 제외하면, 그보다 더 훌륭한 장군, 그보다 더 용감한 용사, 그보다 더 활기찬 젊은이, 그보다 더 사나이다운 사나이가 찬란한 무공을 세우며 말세를 장식하면서 이 세상에 살고 있다고는 꿈에도 생각할 수 없습니다. 한편 내 자신은 말하기조차 창피한 일이지만 확실히 오늘까지 무인으로서의 수련을 게을리해왔습니다. 그도 나를 그렇게 생각하고 있는 듯합니다. 그러나 그런 내가 감히 부왕 앞에서 말하는 것은, 그가 나보다 나은 장군으로서의 명성과 명망을 이용하더라도 내가 개의할 일이 아니지만, 양군의 유혈을 피하기 위해서, 나는 홋스퍼와의 단신 결투를 통해서 운명을 결정하고자 합니다.

왕 해리, 생각하면 할수록 무모한 일인 줄 알면서도 나는 너의 제안에 찬성한다. 알겠는가, 우스터 경, 나는 국민을 사랑한다.

길을 잘못 들어 경의 조카 편에 가담한 이들도 나는 사랑한다. 그런 이유로서 나의 관대한 제의를 받아준다면 그도, 그리고 그를 따르는 자들도, 물론 그대도, 모두가 다시 나의 친구가 되며, 나도 그의 친구가 될 것이다. 이 사실을 그대의 조카에게 전하시오, 그리고 나는 이 제안에 대해서 그로부터의 답변을 듣고 싶다. 받아들일 수 없다고 한다면, 내가 할 수 있는 일은 부정한 자들을 토벌하는 일이 된다. 그 일은 즉시 행동으로 옮겨질 것이다. 그러니 가보게. 답변이 무엇이 되든 각오는 서 있다. 나는 공정한 제안을 했다. 잘 생각해서 답변을 하라. (우스터와 버논 퇴장)

왕 자　절대로 수락하지 않을 겁니다. 더글러스와 홋스퍼의 양군이 합류한 이상 온 세상을 적으로 삼더라도 이길 수 있다는 자신감이죠.

왕　그럴 것이다. 그렇다면 각 부대장은 즉시 임전태세를 갖추어라. 응답이 오면 즉각적으로 공격해야 한다. 신이여, 저희들 정의의 군대에 힘을 주소서! (왕자와 폴스타프만 남고, 모두 퇴장)

폴스타프　여보게, 할. 싸움터에서 내가 쓰러지면, 내 몸을 타고 적과 싸우게나. 그것이 우정이라는 것이다.

왕 자　그 우정을 실천할 수 있는 사람은 콜로서스(거대한 동상—역자 주)나 할 수 있는 일이다. 기도를 끝내고 작별 인사나 해두게.

폴스타프　잠들기 전의 기도라면 문제가 없어, 할.

왕 자　바보야, 네 목숨은 하느님으로부터 빌린 거야. (퇴장)

폴스타프　지금 돌려줄 때가 아니지. 기한이 되기 전에 돌려준다니 천만의 말씀이다. 독촉도 안 받았는데, 뭣 때문에 이쪽에서 먼저 돌려줘야 하나? 좋아, 그건 별문제가 아니다. 여차하면 명예가 나를 밀어줄 것이다. 그러나 생각해보자. 만약에 그 명예 때문에 내가 찔리면 어떻게 되나? 그렇게 되면, 명예가 내 발을 원상태로 돌려놓는가? 아니다. 그렇다면 이 팔뚝은? 아니다. 상처의 아픔을 제거해주는가? 아니다. 그렇다면, 명예는 외과 기술이 없는가? 없다. 그러면 명예란 무엇인가? 단어이다. 그러면 명예라는 단어 속에는 무엇이 있는가? 명예 말이다. 명예는 공기다. 깔끔한 결론이네. 그 명예를 가진 자가 누구인가? 지난 수요일에 죽은 놈이다. 그는 명예를 느끼는가? 아니다. 듣고 있는가? 아니다. 그렇다면 명예는 느낄 수 없는 것이로구나? 그렇다, 죽은 자에게는. 그렇다면 살아 있는 인간에게는 명예가 살아 있는가? 없다. 왜? 세상 악담이 살려놓지 않고 있기 때문이다. 그래서 나는 명예가 반갑지 않다. 명예는 묘석(墓石)의 명찰(名札)이다. 이것으로 나의 교리문답은 끝이다. (퇴장)

제2장 반란군의 진영

우스터와 버논 등장.

우스터   여보시오, 리처드 공, 왕의 관대한 제의를 조카에게 알려서는 안 됩니다.

버 논 알리는 것이 좋습니다.

우스터 그런 일을 하시면, 우리는 파멸할 수밖에 없습니다. 왕이 약
속을 지키고, 호의를 베풀면서 우리를 예우한다고 생각하십
니까. 있을 수 없는 일입니다. 왕은 우리를 여전히 의심하고,
그리고 또 다른 결함을 구실로 우리를 처벌할 기회를 엿볼 것
입니다. 한평생 의구심에 찬 눈으로 우리를 감시할 것입니다.
배신자들은 신뢰를 회복해도, 여우처럼 울 속에 가두어 키우
고, 귀여움을 받더라도, 조상 전례의 야성을 버리지 않을 것이
라고 생각할 것입니다. 우리들이 침울해 있거나 명랑한 얼굴
을 하더라도, 그 안색은 틀림없이 오해를 사기 마련입니다. 외
양간에 있는 황소처럼 먹이를 주어 키우지만, 잘 먹고 살이 오
르면 그때가 바로 죽는 날입니다. 조카의 죄는 아마도 잊혀질
수 있겠죠. 혈기왕성한 젊은이의 잘못으로 변명될 수도 있고,
격정에 사로잡힌 무분별한 성미의 홋스퍼라는 이름이 양해될
수도 있겠죠. 그렇게 되면 조카의 죄는 온통 나와 그의 부친이
뒤집어쓰게 되죠. 우리 두 사람이 그를 선동하고, 우리들의 병
균을 얻어 그가 부정한 일을 했으니, 그 원천인 우리들이 모든
죗값을 갚지 않으면 안 됩니다. 그러니, 왕의 제안을 해리에게
알려서는 절대로 안 됩니다.

버 논 하고 싶은 대로 말하세요. 저는 맞장구를 치겠습니다. 조카가
오는군요.

홋스퍼와 더글러스 등장.

홋스퍼　숙부께서 오셨군요. 인질로 잡은 웨스트모어랜드 공을 적진으로 보내시오. 숙부님, 어떻게 됐습니까?

우스터　왕은 즉시 개전(開戰)하고자 한다.

더글러스　그러면 웨스트모어랜드 공에게 응전의 뜻을 전합시다.

홋스퍼　미안하지만, 경이 직접 전해주시오.

더글러스　그럽시다. 쉬운 일이죠. (퇴장)

우스터　왕은 티끌만 한 자비심도 보여주지 않았다.

홋스퍼　자비를 청했습니까? 설마 그런 일이야 있었겠습니까!

우스터　나는 온건한 태도로 우리들의 불만을 토로하고, 그가 서약을 어긴 사실을 지적했다. 나의 말에 대해서 그는 맹세코 그가 서약을 어긴 일이 없다고 꾸며대면서, 우리들을 반역자, 역적이라고 부르면서 응징의 채찍을 들겠노라고 말했다.

더글러스 재등장.

더글러스　여러분, 무기를 들라, 무기를! 나는 방금 도전의 뜻을 헨리왕의 면전에 내던졌다. 인질 웨스트모어랜드 공이 그 도전장을 들고 돌아갔다. 그 뜻을 알면 왕도 즉시 출동할 수밖에 없을 것이다.

우스터　왕자 헨리가 왕의 면전으로 나와 홋스퍼, 귀하에게 결투를 신청했다.

홋스퍼　아아, 이 싸움이 우리 두 사람의 승부로 끝나서, 나와 저 헨리 몬머스 이외에는 누구 하나, 오늘의 전투에서 숨을 거두지 않았으면 좋으련만! 말해주십시오, 말하세요, 그가 도전하는 모습은 어떠했습니까? 불손한 태도였나요?

버 논 그렇지는 않았습니다, 나는 지금까지 그토록 겸손한 도전의 언사를 들은 적이 한 번도 없습니다. 형제끼리 무술 연마를 위하여 연습 시합에 신청하는 일을 제외하고는 말입니다. 그는 우선 귀하에게 사나이로서의 온갖 경의를 표시한 다음, 왕자에게 어울리는 말로 귀하의 장점을 칭찬하고, 연대기라도 읽듯이 귀하의 무공을 열거한 후, 자신을 상찬하는 말은 귀하의 진가에 비하면, 칭찬의 말로서는 부족한 것이라고 말했습니다. 그러고 나서 그는 왕자답게 얼굴을 붉히면서, 자신을 책망하고 게으름 피웠던 청춘의 세월을 반성하고 있었습니다. 이같은 그의 태도에는 가르치는 마음과 공부하는 마음을 동시에 몸속에 간직하고 있는 우아함이 보였습니다. 이 시점에서 그는 말을 끝냈습니다. 그러나 나는 이렇게 말하고 싶습니다. 만약에 그가 오늘의 전투를 극복하고 살아남는다면, 방탕한 생활 때문에 숱한 오해를 받긴 했지만, 그 누구와도 비할 수 없는 영국의 희망, 그 꽃이라 할 수 있습니다.

홋스퍼 리처드, 귀하는 그 바보한테 반한 모양이군. 왕자의 몸으로 그 녀석만큼 방탕한 사람을 들은 적이 없어요. 좋아요, 어떤 인간이든 밤이 오기 전에 나는 군인의 팔뚝으로 그 녀석을 껴안고 싶습니다. 그도 나의 정중한 인사에 몸을 움츠릴 것입니다. 무기를 들라, 급히 무기를! 나의 동료인 장병 여러분, 제군들은 스스로 해야 할 일이 무엇인지 잘 생각해주게. 그렇게 하는 일이 웅변에 능하지 못한 나의 말보다는 더욱더 강하게 제군의 피를 용솟음치게 만들 것이다.

　　사자(使者) 등장.

사자 1　　　　말씀드립니다. 방금 편지가 도착했습니다.

홋스퍼　그런 것 읽을 시간은 없다. 제군들, 사람의 일생은 얼마나 짧은 것이냐! 그 짧은 세월도 비참하게 지나면 길게 느껴진다. 비록 그 인생이 시계의 바늘 끝에 걸려 흘러가서, 한 시간이면 충분히 걸어갈 수 있는 하염없는 시간이라 하더라도, 우리가 살아가기 위해서는 왕을 짓밟고 살자. 죽으려면 왕족 일가를 무찌르고 용감하게 죽자! 우리들은 양심에 걸고 우리가 정의의 군대라고 말할 수 있다. 무기를 잡는 우리의 목적이 정당하기 때문이다.

　　사자 2 등장.

사자 2　말씀드립니다. 준비태세를 갖추십시오. 왕이 공격합니다.

홋스퍼　덕택으로 말을 덜게 되었으니, 왕에게 감사해야 하네. 하지만 한마디만 더하려 한다. 각자 최선을 다해 싸워라. 나는 칼을 뺀다. 그 칼을 붉은 피로 물들이겠다. 오늘의 일전에서 내 앞에 나타나는 최고의 적, 그의 피다. 자, 희망이다! 퍼시! 출진이다. 우렁차게 전투 나팔을 불어라. 그 소리를 신호로 모두들 서로 포옹을 하자. 이 가운데 어떤 사람은 결코 두 번 다시 이

런 인사를 나눌 수 없을 것이다. (나팔 소리. 일동 포옹하면서 퇴장)

제3장 슈루즈베리, 전쟁터

왕이 군사를 이끌고 지나간다. 전투를 알리는 북소리와 고함 소리. 이윽고 더글러스와 왕으로 변장한 기사 월터 블런트 등장.

블런트 이름을 대라, 전투 중에 나의 길을 막는 자는 누구냐? 어떤 명예를 얻으려고 나의 목을 노리는가?

더글러스 알려주마, 나의 이름은 더글러스이다. 전투 중에 너를 쫓는 이유는 네가 왕이라고 말해준 사람이 있기 때문이다.

블런트 그 말은 옳다.

더글러스 스태퍼드 공은 오늘 해리 왕으로 변장하고 있었기 때문에, 너 대신 목숨을 잃었다. 항복하여 포로가 되지 않는다면 너도 그렇게 된다.

블런트 나는 항복할 인간이 아니다. 이 건방진 스코틀랜드 놈아. 왕이 스태퍼드 공을 살해한 놈에게 복수할 것이다. (그들은 싸운다. 더글러스가 블런트를 죽인다)

홋스퍼 등장.

홋스퍼 아, 더글러스. 홈던에서도 이렇게 싸웠더라면, 나는 한 사람의 스코틀랜드인에게도 이기지 못했을 것이오.

더글러스　모든 것은 끝났다. 전쟁에 이겼다. 여기 쓰러진 사람이 왕이 다.

홋스퍼　어디?

더글러스　여기.

홋스퍼　이것 말이야, 더글러스? 나는 이 얼굴을 잘 알아. 그는 용감한 기사였다. 그의 이름은 블런트이다. 왕과 똑같이 변장하고 전 투장에 나와 있다.

더글러스　어리석은 놈, 네 영혼과 함께 꺼져버려라! 빌려 쓴 왕의 칭 호에 비싼 대가를 지불했구나. 어째서 나에게 너는 왕이라고 말했는가?

홋스퍼　왕은 자신의 의상을 걸친 가짜 왕을 여러 명 출전시키고 있소.

더글러스　이 칼에 걸고 맹세한다. 왕의 의상을 걸친 모든 장병을 죽이 겠다. 그의 의상실을 모조리 싹쓸이하겠다. 한 벌, 한 벌 모두 찢겠다. 왕을 만날 때까지 나는 계속한다.

홋스퍼　자, 가자! 우리 군대 장병들은 행운을 안고 싸우고 있다. (두 사 람 퇴장)

경고의 나팔 소리. 폴스타프 혼자 등장.

폴스타프　런던에서는 술 마시고 총알처럼 잽싸게 도망칠 수 있었지만, 여기 총알은 달라. 총알이 별안간 대가리를 때리네. 가만 있자! 이게 누구냐? 월터 블런트 경이 아닌가? 이것이 명예라는 것이 냐! 이건 허영이 아니다. 내 몸이 녹아내리는 납덩이처럼 뜨거 워졌네. 게다가 몸이 무거워지네. 총알이 내 몸에 박히지 않도록 하느님 도와주소서. 저의 체중은 내장만으로도 어지간합니다. 내가 인솔한 누더기 졸병들은 모두 전사했다. 백오십 명 가운데 살아남은 자는 세 사람뿐이다. 그놈들조차도 병신이 되어 거리 모퉁이에서 평생 거지 신세가 될 것이다. 누구냐?

　왕자 등장.

왕　자　여기서 멍하니 서서 뭣 하고 있는가? 그 칼을 내놓아라. 수많은 명장들이 승전을 알리는 적의 말발굽 밑에서 싸늘하고 굳은 시체로 뒹굴고 있다. 그들의 죽음은 아직도 한이 맺혀 있다. 부탁이다. 칼을 다오.

폴스타프　오, 해리 왕자. 부탁이오, 숨 좀 돌립시다. 잔혹한 터키인 그레고리도 오늘 내가 해낸 것만큼 살인을 하지 못했다. 나는 오늘 퍼시를 혼내주었다. 그놈 걱정은 안 해도 좋다.

왕　자　그놈 걱정 없다고? 펑펑 살아서 널 잡아먹으러 올 것이다. 제발 부탁이다, 칼을 다오.

폴스타프　안 돼. 퍼시가 살아 있으면, 이 칼이 필요하다. 이 권총은 주어도 좋다.

왕　자　좋아, 이리 다오. 아직도 주머니에 들어 있는가?

폴스타프　그렇다, 할, 이놈은 화상을 입을 만큼 강력하다. 도시 전체를 날릴 만큼 강하다. (왕자가 꺼내 보았더니 술병이 나온다)

왕　자　미친놈, 희롱하며 장난칠 때냐? (폴스타프에게 술병을 내던지고 퇴장)

폴스타프　아니, 퍼시 놈이 살아 있으면 이 칼로 승부를 내자. 그놈이 내 앞에 나타나면 그렇게 하겠다. 안 오면, 내가 일부러 그놈 한테 갈 것까지야 없지. 내가 그놈이 지지고 볶는 고깃덩어리 는 아니잖아. 나는 월터 블런트처럼 이빨을 허옇게 드러내고 뻗은 명예는 싫다. 나는 목숨을 원한다. 목숨을 지킬 수 있으 면, 그것으로 만족이다. 그렇지 못하면, 반갑지 않은 손님처럼 명예가 다가올 뿐이다. 그것이 전부다. (퇴장)

제4장 전투장 다른 곳

다급함을 알리는 나팔 소리. 병사들이 진격해서 무대를 가로지른 다. 왕, 왕자, 랭카스터 공 존, 웨스트모어랜드 백작 등장.

왕　　부탁이다, 해리, 물러가게, 출혈이 심하다. 랭카스터, 너도 형 과 함께 가라.

랭카스터　부왕 폐하, 소생은 상처를 입을 때까지는 그대로 있겠습니 다.

왕 자　부탁입니다, 부왕이시여, 진격을 계속해주십시오. 왕이 물러 서면 우리 편 장병들은 혼란에 빠집니다.

왕　　나는 계속 진격하겠다. 웨스트모어랜드 백작, 해리를 천막까 지 부탁하오.

웨스트모어랜드　그러면, 전하, 천막까지 모시겠습니다.

왕 자　모신다고? 나는 귀하의 도움을 필요로 하지 않는다. 이 정도

붉힌 상처로 태자 되는 몸이 처절한 전투장을 뒤로 하고 물러 설 수 있는가. 피로 물든 귀족들의 시체들이 인마에 밟히고, 기고만장한 반란군이 제멋대로 학살을 자행하고 있다!

랭카스터 휴식을 너무 취했다. 웨스트모어랜드 백작, 우리들의 전투 장은 저 앞에 있소. 자, 진격합시다. (랭카스터와 웨스트모어랜드 퇴장)

왕 자 아, 나는 오해하고 있었다, 랭카스터. 나는 네가 이토록 용기 있는 남자라고는 생각지 않았다. 존, 지금까지는 동생으로서 만 귀여워했는데, 앞으로는 너를 나의 영혼이라 생각해서 존 경하겠다.

왕 저 애가 퍼시와 칼싸움하는 것을 보았는데, 조금도 물러서지 않는 그의 용감한 전투 모습은 연소한 군사로서는 기대할 수 없는 솜씨였다.

왕 자 아, 이 소년이 전군의 사기를 불러일으키네! (퇴장)

더글러스 등장.

더글러스 또 다른 왕인가! 마치 히드라(그리스 신화에 나오는 머리 아홉 개 달린 뱀-역자 주)의 머리로구나. 잘라도 잘라도 계속 생기는구 나. 나는 더글러스이다. 왕의 문장(紋章)을 걸치고 있는 자는 모두 처치한다. 너는 누구냐, 왕의 의상을 걸치고 있구나?

왕 나는 왕이다. 안됐구나, 더글러스. 가짜 왕을 여러 명 만나고 도 진짜 왕을 지금껏 만나지 못했으니. 나는 두 왕자가 있다. 두 왕자는 퍼시와 너를 찾아 전투장으로 갔다. 다행히도 네가 이곳에 뛰어들었으니 내가 상대해주겠다, 각오하고 덤벼라.

더글러스 너도 가짜인지 모르겠지만, 어딘지 진짜 같기도 하다. 좋아, 누구든 너의 목숨은 내가 **빼앗겠다**. 간다. (둘은 싸운다. 왕이 위급해진다)

왕자 다시 등장.

왕 자 얼굴을 들라. 더러운 스코틀랜드 놈. 아니면 그 얼굴을 다시는 못 들게 만들어주겠다. 내 칼에는 용감한 셔리, 스태퍼드, 블런트의 영혼이 깃들어 있다. 그렇다, 너를 위협하고 있는 사람은 왕자 헨리이다. 입 밖에 낸 것은 반드시 해내는 사나이다. (둘은 싸운다. 더글러스는 도망친다) 기운을 내세요, 부왕이시여, 괜찮으십니까? 니콜라스 고지 경이 원군을 청했습니다. 클리프턴도 원군을 청했습니다. 저는 클리프턴을 도우러 가겠습니다.

왕 기다려라, 한숨 돌려라. 너는 잃었던 명성을 다시 찾았다. 지금 막 위기를 구해주었으니, 너도 부왕의 목숨이 중요하다는 것을 입증해주었다.

왕 자 아, 맙소사! 너무나 지독한 중상입니다. 제가 부왕의 죽음을 기다리고 있다는 소문 말입니다. 그것이 사실이었다면, 거만한 더글러스의 손이 부왕의 머리 위에 내리쳤을 때, 나는 가만히 있었을 것입니다. 그 손이 어떤 독약보다도 확실히 부왕의 목숨을 **빼앗고** 나에게 부친 살인의 수고를 덜어주었을 테니까요.

왕 클리프턴을 부탁한다. 나는 고지를 도우러 가겠다. (퇴장)

홋스퍼 등장.

홋스퍼 이 눈에 틀림이 없다면, 너는 해리 몬머스이다.

왕 자 내 이름을 속일 것 같은가?

홋스퍼 내 이름은 해리 퍼시다.

왕 자 그렇다면 나는 아주 용감한 반역자를 만난 셈이로구나. 나는 왕자 해리다. 알겠는가, 퍼시. 앞으로는 나와 영광을 나누어 가질 생각은 마라. 두 별이 한 궤도를 달릴 수는 없다. 그와 마찬가지로 두 사람이 영국을 나누어 통치할 수는 없다. 해리 퍼시냐, 왕자 해리냐, 둘 중 하나다.

홋스퍼 그럴 수밖에 없지, 해리, 지금은 우리 둘 중 하나가 결정되는 시간이다. 다만, 지금의 네가 나만큼의 용명(勇名)을 떨치기 바랄 뿐이다!

왕 자 이 자리를 떠날 때는 내 무공이 더욱더 빛날 것이다. 네 갑옷에 피어 있는 명예의 꽃봉오리를 따서, 내 머리를 장식하는 화관을 만들겠다.

홋스퍼 더 이상 너의 헛자랑을 용서할 수 없다. (둘은 *싸운다*)

폴스타프 등장.

폴스타프 잘한다, 할! 싸워라! 이건 애들 장난이 아니구나.

더글러스 다시 등장. 폴스타프와 싸운다. 폴스타프는 죽은 척하고 쓰러진다.

더글러스 퇴장. 홋스퍼는 상처를 입고 쓰러진다.

홋스퍼 오, 해리, 너는 나의 청춘을 앗아갔구나! 하염없는 인생 잃어도 아깝지 않다. 그보다는 자랑스러운 영광을 너에게 빼앗긴 것이 원통하다. 그 일이 살을 찢는 아픔보다도 더 내 마음을 괴롭힌다. 하지만 마음은 목숨의 노예요, 목숨은 시간의 장난감이다. 그리고 시간은 이 세상의 지배자라 하지만, 어차피 멈추어야 한다. 아, 남기고 싶은 얘기가 있지만, 죽음의 싸늘한 흙손이 내 혀를 누르고 있구나. 아, 퍼시, 너도 이젠 흙이다, 죽음의 밥이다 — (죽다)

왕 자 벌레의 밥이다. 퍼시, 조용히 잠들거라. 위대한 영혼이여! 대망도 잘못 엮으면 움츠러든다! 저 육체에 영혼이 깃들고 있을 때, 집어넣기에는 왕국 하나도 좁아 보였다. 그런데 지금은 어떤가. 보잘것없는 땅 한 뼘이면 족하다. 네가 죽어서 누워 있는 이 대지 위에는 지금 너 같은 용사는 한 사람도 없다. 네가 예절을 느끼는 마음이 있었다면, 나는 이토록 진정을 토로하지는 않았을 것이다. 하지만 적어도 우정의 표시로 내 갑옷을 두른 목도리로 네 상처 난 얼굴을 덮어주겠다. 이토록 마음이 담긴 의식을 집행하는 나 자신에 대해 너를 대신해서 나에게 사례를 하마. 잘 가거라, 네가 받을 칭찬은 너와 함께 하늘나라로 갖고 가라! 불명예는 너와 함께 무덤 속에서 잠들라. 묘비명에 새겨두어서는 안된다! (땅 위에 쓰러져 있는 폴스타프를 본다) 아, 내 옛날 친구, 이 큰 몸집 속에 작은 목숨 하나 끼워 넣을 수도 없었단 말인가? 잘 가거라, 가련한 잭이여! 너보다 나은 인간을 잃었어도, 이 이상 더 섭섭하지는 않았을 것이다. 내가 아직도 공허한 방탕에 빠져 있었다면, 슬픔은 더욱 무거웠을 것이다. 오늘의 혈전에서 죽음의 먹이가 된 중요한 인물 가운데서 너만큼 무겁고 살찐 놈은 없을 것이다. 곧 너의 내장을 빼내어서 묻어주겠다. 그때까지는 퍼시 곁에서 피에 잠긴 채 누워 있거라. (퇴장)

폴스타프 (벌떡 일어나서) 내장을 빼낸다고? 오늘 나의 내장을 뽑는다면, 내일 소금에 절인 후 먹으면 되겠구나. 흥, 그때 죽은 체하지 않았더라면, 저 스코틀랜드의 거친 용사에게 결딴 났을 거다. 체했다고? 아니다, 나는 체하는 그런 인간은 아니다. 도시 죽는다는 것은 체하는 일이 아닌가? 인간의 목숨을 갖고 있지 않은 자들은 가짜 인간인 것이다. 죽은 척하고 있는 일은 가짜로 사는 일은 아니다. 그것이야말로 목숨을 가진 인간의 진정한 모습인 것이다. 용기의 최고는 분별력이다. 그 최고의 부분을 활용해서 나는 내 목숨을 지켰다. 그건 그렇고, (홋스퍼의 시체를 보고) 이크! 나는 이 총탄같이 사나운 퍼시 놈이 죽어 있어도 무섭다. 이놈도 죽은 척하고 있지만, 어기적어기적 기어서 일어나면 어떻게 하나? 죽은 척하는 연기가 이놈이 더 낫다면 어떡하나. 이놈을 무서워하지 않기로 하고, 내가 이놈을 죽였다고 말하자. 이놈도 나처럼 일어나지 않는다고 누가 보장하랴? 이 일에 이의를 제기하는 자는 목격자뿐이다. 그런데, 목격자는 아무도 없다. 그렇다면, 자, 받아라. (퍼시를 칼로 찌른다) 네 허벅지에 새 상처를 내자. 자, 가자. (그는 홋스퍼를 등에 짊어진다)

　　왕자 헨리와 랭카스터 공 존 다시 등장.

왕 자 눈부신 활동이었다, 존. 처녀 출진의 칼에 피가 잔뜩 묻었다.

랭카스터 아, 저기 있는 것은? 저 뚱보는 죽었다고 들었습니다만.

왕 자 그렇게 말했다. 이 눈으로 봤지. 저 사나이가 피를 흘리며 숨겨 있는 것을 보았어. 여봐, 살아 있었는가? 우리 눈을 어지럽히는 도깨비가 나타났나? 입을 열라. 귀로 듣지 않으면 눈으로 믿을 수 없다. 너는 눈으로 보이는 진짜 인간이 아닌 모양이다.

폴스타프 아니다. 나는 머리 두 개 달린 도깨비가 아니다. 나는 진짜 배기 잭 폴스타프다. 내가 잭이 아니라면, 나는 거짓말쟁이다. 여기 퍼시가 있다! (그의 시체를 내려놓는다) 자네 아버지가 나에게 상을 주신다면, 그것으로 족하다. 주지 않는다면, 다음번에는 직접 퍼시를 죽이라고 하라. 아무리 봐도 나는 백작이나 공작은 될 것이다.

왕 자 여봐, 퍼시를 죽인 사람은 나다. 더욱이 나는 네가 죽어 있는 것도 봤어.

폴스타프 뭐라고? 맙소사, 거짓말이 널뛰는 세상이 되었구나! 분명히 나는 숨을 헐떡이며 땅 위에 누워 있었다. 이놈도 그랬었다. 그런데, 우리 둘은 동시에 일어나 이곳 슈루즈베리 시계가 빙글빙글 돌아갈 정도로 오랜 시간 싸웠다. 이 말을 믿어주면 그것으로 좋다. 믿지 않으면 보훈처(報勳處)가 죄를 짓게 된다. 나는 이 목을 걸고 단언한다. 이놈 허벅지에 있는 이 상처는 내가 입힌 것이다. 이 일을 부정하는 놈이 있다면, 그놈한테 이 칼맛을 보게 해줄 것이다.

랭카스터 참으로 괴상한 이야기로구나.

왕 자 존, 이 사람은 정말로 괴상한 인간이다. (폴스타프에게) 그 짐을 네 등에 지고 따라 오너라. 거짓말이 너에게 도움이 된다면, 나도 너를 위해 멋진 말로 맞장구를 쳐주겠다. (퇴진의 나팔 소리) 저 소리는 퇴진을 알리는 신호이다. 승리는 우리들의 것이다. 여봐라, 존, 이 전쟁터에서 제일 높은 곳에 올라보자. 우리 군사들 가운데서 누가 살아남고, 누가 죽었는지 확인하고 싶다. (왕자와 랭카스터 공 퇴장)

폴스타프 나도 따라가겠다. 따라가야 상을 받는다 하니. 나에게 상을 주는 분들에게, 하느님, 담뿍 상품을 주도록 하세요! 내가 위대한 사람이 되려면, 내 몸집을 작게 만들어야 한다. 설사약을 먹고, 술을 끊고, 귀족들처럼 맑고 깨끗하게 살아야겠다. (시체를 들고 퇴장)

제5장 전쟁터 다른 곳

나팔 소리. 왕, 왕자 헨리, 랭카스터 공 존, 웨스트모어랜드 백작, 포로가 된 우스터, 버논 등장.

왕 이 같은 반역행위는 항상 응징을 받게 된다. 괘씸하다, 우스터, 나는 너희들에게 관대한 은사(恩赦)와 우정의 말을 보내지 않았던가? 그 뜻을 너희들은 왜곡해서 전달하였다. 내 집안사

람 퍼시의 신뢰를 악용하였다. 그리고 오늘 전투에서 우리 측
은 귀족 한 사람, 기사 세 사람, 그 밖에도 수많은 장병들이 전
사했다. 너희들이 올바른 기독교인답게 양군 사이의 올바른
의사소통을 도와주었더라면 그들도 지금 이 순간까지 살아남
아 있을 것이다.

우스터　제가 취한 행동은 나의 몸의 안전을 위해 불가피한 조치였습
니다. 저는 당당하게 앞으로 있을 피할 수 없는 운명을 맞이
하겠습니다.

왕　우스터에게 사형을 언도한다. 버논도 마찬가지다. 나머지 죄
인들에게는 심사숙고한 후에 선고를 하겠다. (우스터와 버논 호송
되어 퇴장) 그 이후의 전황은 어떤가?

왕 자　스코틀랜드에서 용명을 떨친 더글러스 경은 전세가 불리하
고, 용장 퍼시는 살해되었습니다. 그의 군사들은 공포에 사로
잡혀 있습니다. 나머지 패잔병들은 패주(敗走)를 계속하고 있
다가, 급작스럽게 언덕에서 굴러떨어져 중상을 입은 결과, 추
적한 우리 군사들에 의하여 체포되었습니다. 더글러스는 지
금 저의 막사에 있습니다만, 그의 처분에 대해서는 저에게 일
임해주시기 바랍니다.

왕　기쁜 마음으로 일임한다.

왕 자　그렇다면 랭카스터, 동생인 너에게 이 명예로운 은사(恩赦)의
역할을 맡기겠다. 더글러스한테 가서 오랏줄을 풀어주고, 보
상금도 없이 자유롭게 석방하라. 오늘 그가 전투장에서 보여
준 용기는, 비록 적수이지만 우리들에게 가르쳐준 바가 크다.

훌륭한 용사의 행위에는 존경을 표시해야 한다.

랭카스터　형님의 관대한 조치에 대해서 마음속으로 감사합니다. 그 따뜻하신 마음을 곧 전달하고 오겠습니다.

왕　그러면 나머지 일을 하기로 하자. 우선 병력을 양분하여 존과 웨스트모어랜드 백작 두 사람은 급히 서둘러 요크로 진격하게. 노섬벌랜드와 대사교 스크루프가 그곳에서 끊임없이 병력을 모으고 있는 중이다. 나와 왕자 해리는 웨일스로 향한다. 글렌다워와 마치 백작 양군을 공격한다. 이 나라의 반란도 근절되는 날이 임박했다. 그러기 위해서는 또 한 번의 타격을 가해야 한다. 오늘의 전투는 더할 나위 없이 훌륭했다. 그러나 완전한 승리를 거둘 때까지 돌진하자. (모두 퇴장)

셰익스피어 사극의 이해

〈헨리 4세〉(2부작) 〈헨리 5세〉 〈리처드 3세〉를 중심으로

1. 셰익스피어는 왜 사극을 썼는가

셰익스피어가 쓴 8편의 사극은 열거된 순서대로 영국 15세기의 정치사를 차지하고 있다. 그중 〈리처드 2세〉, 〈헨리 4세〉(2부작), 〈헨리 5세〉, 〈헨리 6세〉(3부작), 〈리처드 3세〉는 내용 면에서 서로 밀접한 연관성을 지니고 있다. 나머지 사극인 〈존 왕〉과 〈헨리 8세〉는 이들 작품과 관련을 맺지 않고 있다.

셰익스피어 사극의 창작연도는 다음과 같다.

제목	창작 연도	제목	창작 연도
헨리 6세 1부	1509	헨리 6세 2부	1591
헨리 6세 3부	1591	리처드 3세	1593
존 왕	1594	리처드 2세	1595

헨리 4세 1부	1597	헨리 4세 2부	1598
헨리 5세	1599	헨리 7세	1599

헨리 4세는 리처드 2세로부터 왕관을 빼앗아 랭카스터 가의 시조가 되었다. 1455년 랭카스터 가와 요크 가 사이에 시작된 장미전쟁은 1485년 헨리 7세가 리처드 3세를 살해하고 전쟁에 승리함으로써 종막을 고했다. 플랜태저넷 왕조는 리처드 3세로서 막을 내리고 헨리 7세의 튜더 왕조가 시작된 것이다. 셰익스피어 사극에서 다루어진 통치자의 이름과 통치 시기는 다음과 같다.

작 품	통치 시기
헨리 2세 (플랜태저넷)	1154~1189
리처드 1세 (플랜태저넷)	1189~1199
존 왕 (플랜태저넷)	1199~1216
헨리 3세 (플랜태저넷)	1216~1274
에드워드 1세 (플랜태저넷)	1274~1307
에드워드 2세 (플랜태저넷)	1307~1327
에드워드 3세 (플랜태저넷)	1327~1377
리처드 2세 (플랜태저넷)	1377~1399
헨리 4세 1, 2부 (랭카스터)	1399~1413
헨리 5세 (랭카스터)	1413~1422
헨리 6세 (랭카스터)	1422~1471
에드워드 4세 (요크)	1471~1483
에드워드 5세 (요크)	1483(13세에 왕이 되어 2개월간 통치)

리처드 3세 (요크)	1483~1485
헨리 7세 (튜더)	1485~1509
헨리 8세 (튜더)	1509~1547

셰익스피어는 1580년대 말 장미전쟁에 관한 작품 구상을 하고 있었는데, 그가 주로 참고로 한 사서(史書)는 1587년 초판에 이어 두 번째로 출간된 『Raphael Holinshed's Chronicles of England, Scotland, and Ireland』이다. 이 책은 셰익스피어가 사극은 물론이고 〈리어 왕〉, 〈맥베스〉, 〈심벨린〉을 쓸 때에도 참고한 자료집이다. 셰익스피어는 홀린셰드가 그의 역사책을 엮는 데 도움을 받은 1548년에 출간된 장미전쟁에 관한 사서인 에드워드 홀(Edward Hall)의 저서 『The Union of the Two Noble and Illustre Families of Lancaster and York』를 참고했다. 이 책은 셰익스피어가 특히 「헨리 6세」를 집필할 때 크게 의존한 자료이다. 셰익스피어가 역사극 집필을 구상한 첫 번째 동기는 그의 관객들을 포함해서 튜더 시대 영국인들의 역사에 대한 깊은 탐구심 때문이라 할 수 있다. 엘리자베스 시대에는 이 경향을 반영해서 수많은 역사책이 발간되었다.[이 문제에 대한 흥미로운 자료는 다음과 같다. 베넷(H.S. Bennet)의 저서 『English Books and Readers, 1558~1603』(Cambridge, 1965) 가운데 pp. 214~220의 내용과 라이트(Louis B. Wright)의 저서 『Middle-Class Culture in Elizabethan England』(Chapel Hill, North Carolina, 1935) 가운데 pp.297~338의 내용을 참조하면 될 것이다]

셰익스피어 사극 창작의 두 번째 동기를 우리는 극작가의 예술적 포부와 그 당시 극장 경영의 측면에서 찾아볼 수 있다. 1615년 이전에 9

개 공중극장이 런던에서 문을 열었다(The Theatre(1576), The Curtain(1577), Newington Butts c.(1579), The Rose(1587), The Swan c.(1595), The Globe(1599, 1614 재건), The Fortune(1600, 1621 재건), The Red Bull(1605), The Hope(1613)). 이토록 극장이 많이 생기다 보니 공연 횟수가 많아지고, 관객 수가 늘어났다. 그만큼 희곡작품의 수요가 급증했다. 작품 생산의 속도가 빨라지고, 연극 활동의 활성화로 발표되는 작품의 수가 늘어났다. 이를 입증하는 자료를 우리는 『Henslowe's Diary』(edited by R. A. Foakes and R.T. Rickert, Cambridge, 1961)와 『Documents of the Rose Theatre』(edited by Carol Chillington Rutter, Revels Plays Companion Library, Manchester, 1984)에서 얻을 수 있다. 헨슬로의 기록은 당시 극작가들이 영국 역사 속에서 희곡 창작의 자료를 찾는 내용에 관해서 귀중한 자료를 제시하고 있다. 이 극작가들이 자료를 얼마나 섭렵했는지에 대해서는, 그 세기가 끝날 때쯤 되어서 노르만 정복부터 튜더 시대에 이르는 왕조에서 희곡작품으로 다루어지지 않는 통치자가 없을 정도가 되었다는 사례를 보면 당시 극작가들의 사극 집필 의욕을 짐작할 수 있다. 역사극에 대한 국민적 관심은 16세기 후반 영국에서 국민의 자의식과 긍지를 높이는 결과를 초래했으며, 영국 문예진흥의 활력을 제공하는 원천이 되었다. 국민들은 과거 역사를 알려고 했으며, 극작가는 그 욕구를 충족시켜주었다.

셰익스피어가 사극을 쓰게 된 세 번째 동기는 엘리자베스 시대 국민들의 정치적 관심 때문이다. 희극의 형식이 사회적 인간에 대한 관심에서 비롯되고, 비극의 형식이 도덕적이며 윤리적 인간에 대한 관심에서 생겨났다면, 역사극은 인간의 정치적 행위나 권력욕 또는 권력의 획득과 그 상실에 대한 인간의 반응을 다루는 데 적합하다고 할 수 있다.

영국사에서 권력은 왕위를 의미했다. 그것은 또한 권력의 확대와 인간 능력의 한계 사이의 어떤 관계를 의미했다. 셰익스피어는 사극을 쓰는 데 있어서 역사를 이용했다. 그의 이용 방법은 역사적 사실을 선택하고, 재구성하며, 축소하고 확대하는, 그리고 때로는 추가하는 일이었다. 그의 목적은 정치의 본질적 문제에 접근해서 정치가 인간에 미친 영향이 무엇인가를 탐구하는 일이었다. 셰익스피어는 그의 사극에서 끊임없이 묻고 있다. 역사란 무엇인가. 권력이란 무엇인가. 인간 사회의 질서는 어떻게 유지되어야 하는가. 지나친 권력욕은 폭력과 배신과 잔혹한 죽음을 유발하는 온상이 아닌가.

2. 작품론

1) 리처드 3세

〈리처드 3세〉는 1471년 에드워드 4세가 왕위에 오르는 것으로 시작해서 요크 집안의 마지막 왕인 리처드 3세가 1485년 보스워스 전투에서 패배하는 것으로 끝난다. 〈리처드 3세〉는 1597년 10월 20일 작품등기소(Stationers' Register)에 등록되었다. 최초의 폴리오판(the First Folio) 이전에도 5개의 쿼토판(Q2, 1598; Q3, 1602; Q4, 1605; Q5, 1612; Q6, 1622)이 출판되었는데 이 같은 연속 출판은 그 당시 이 작품의 인기도를 말해주고 있다. 이 작품으로 〈헨리 6세〉의 연작 희곡이 마무리된다. 〈리처드 3세〉는 1592년부터 1593년 사이에 집필되었을 것이라고 추정되고 있다. 이 작품은 1592년에 완성한 〈헨리 6세〉와 밀접한 연관이 있기 때문에 그 작품이 끝난 1592년 이후에 시작되었다고 추측하는 것이다. 〈리처드 3세〉는 리처드 3세가 집권한 전후 14년 동안의 왕조사를 치밀한 구성으로 압축해서 보여주고 있다. 극 초반의 헨리 왕의 장례식(1471), 앤 왕비에 대한 리처드의 구애(求愛)(1472), 런던 탑에서의 클래런스의 살해(1478), 에드워드의 죽음(1483), 버킹엄의 반란(1483) 등 역사적 사건들이 작품 내용으로 구성되어 있다. 다만 마거릿 왕비의 역할은 역사 외적 사실의 추가이다. 주요 소재는 홀린셰드의 영국사다.

극 첫머리에 독백의 방법으로 리처드의 악한 성격을 부각시키면서 셰익스피어는 리처드가 작품의 3분지 1을 차지하도록 만들고 있다. 셰익스피어는 극 초반에 리처드의 성격 창조를 위해서 중요한 사실을 재구성하여 도입하고 있다. 초반의 에피소드에서 그는 1471년 헨리 6세의 장례식, 1472년의 안 네빌과의 결혼, 1478년의 클래런스의 투옥, 1483년에 있었던 에드워드의 마지막 병환 등을 한꺼번에 압축해서 다루고 있다. 이 사건들을 끌어들이면서 셰익스피어는 리처드를 역사를 지배하는 주인공으로 부각시키고 있다. 에드워드 4세는 단 한 장면, 임종의 자리에만 나타난다. 그는 22년간 왕위에 있었는데 그의 이름을 딴 사극은 한 편도 없다. 그는 플랜태저넷 왕가에서는 치적이 많은 훌륭한 왕이었다. 1956년에 있었던 인터뷰에서 미국의 극작가 손튼 와일더는 역사와 극에 관해서 흥미 있는 얘기를 하고 있다. 그는 말한다. "소설은 과거의 얘기를 다루고 있지요. 역사책도 마찬가지입니다. 연극의 시간은 언제나 '지금'입니다. 작중인물은 과거와 미래 사이에 있는 현재의 면도날 위에 서 있는 것입니다." 셰익스피어는 에드워드 4

세보다는 리처드 3세가 영국사의 페이지에서 벗어나 영원한 '현재' 속에서 관객과 호흡을 함께하도록 만들었다. 역사에서 뛰어나온 리처드가 역사의 테두리를 벗어나서 동시대적 인간으로 되살아나고, 추상화되고, 개념화되고, 상징화되는 경우이다. 셰익스피어는 정치의 본질적 의미를 해명하기 위해서 리처드라는 악마적 인간이 필요했던 것이다.

연극 〈리처드 3세〉의 자료가 된 역사적 사실의 기술은 이 시점에서 중요하다고 본다. 1450년대에 요크 공작 리처드는 사촌 헨리 6세의 왕권에 도전하고 있었다. 1460년 12월, 헨리의 왕비 마거릿은 과격한 성격의 인물이었는데, 군대를 모아 웨이크필드에서 리처드 공작을 패퇴시키고 그를 살해한다. 또한 이 전쟁에서 요크 가의 두 번째 아들 러틀랜드 백작이 사망했다. 요크 집안에는 나머지 세 아들이 살아남았다. 에드워드(18세), 조지(11세), 그리고 리처드(8세)가 그들이다. 웨이크필드의 싸움이 지난 3개월 후 1461년 3월 요크 일파의 워릭 백작 리처드 네빌 등의 충신들에 의해 에드워드가 왕위에 올랐다. 몇 주가 지난 다음, 에드워드와 워릭은 랭카스터 집안에 결정타를 가해 헨리와 마거릿을 쫓아내고 요크파의 왕관을 확고하게 만들어놓았다.

에드워드는 영국을 다스리게 되었고, 동생 조지와 리처드는 각각 클래런스 공작과 글로스터 공작이 되었다. 그는 또한 우드빌 출신의 아름다운 귀부인 과부 엘리자베스와 결혼했다. 워릭은 프랑스 왕의 처제와 에드워드의 혼사를 성취시키기 위해 노력하고 있었는데, 에드워드는 비밀리에 엘리자베스와 결혼을 했다. 왕의 결혼은 워릭을 당황하게 만들었고, 그를 괴롭혔다. 이 때문에 에드워드는 그의 최고 지지자 워릭을 경원하게 되었다.

왕비의 지원을 받은 그레이 가와 우드빌 사람들은 에드워드 궁전에서 영향력을 발휘하게 되었다. 에드워드는 외교정책에 관한 워릭의 충언을 묵살했다. 이것이 화근이 되었다. 1469년부터 1470년까지 에드워드 왕의 최고 참모가 그에게 반기를 들었다. 클래런스를 그의 장녀 이사벨과 결혼시키면서 그를 측근에 끌어들인 왕비 마거릿과 연합전선을 펴 에드워드를 추방하였다. 그는 유형의 길에 나서게 되었다. 워릭은 대부분의 시간을 런던 탑 속에 갇혀 있던 불쌍한 헨리 6세를 왕위에 오르게 했다. 헨리 6세의 복위는 단명으로 끝났다. 충실한 동생 글로스터 공작 리처드의 지원을 받은 에드워드는 클래런스 공작 조지와 합세해서 1471년 영국으로 돌아와서 왕국을 다시 차지했다. 워릭은 바넬 전투에서 4월 14일 패배하고 살해되었다. 5월 4일 마거릿은 튜크스베리에서 패배하고 포로가 되었다. 그 이후에 있었던 전투에서 헨리와 마거릿의 외아들 랭카스터의 에드워드가 사망했다. 튜크스베리 전투가 있은 지 며칠 후, 또다시 런던 탑의 죄수가 되었던 헨리 6세가 암살되면서 랭카스터 집안은 몰락하게 된다. 그의 암살에 대해서는 에드워드가 죽였다는 설과 글로스터 공작 리처드가 죽였다는 설이 있다.

1471년 5월, 에드워드는 편안하게 왕위에 다시 오르게 되었다. 그 이후 12년간 그는 왕국의 통치를 만끽했다. 그는 40세 때 신체적 발작으로 급사했다. 그는 미식가였고, 색한이었다. 명성을 떨친 런던 상인의 아내였던 그의 정부 제인 쇼어는 〈리처드 3세〉에서 언급되고 있다. 에드워드는 나라 경제를 잘 보살펴서 나라의 재정이 튼튼해지고 국력이 튼튼해졌다. 에드워드는 현실적인 사람이었다. 그의 통치 기간에 영국은 장미전쟁의 후유증을 말끔히 씻을 수 있었다. 나라의 질서도 회복되었다.

헨리 6세의 무능한 통치력으로 쇠퇴한 나라의 명예가 에드워드 왕에 의해 회복되었다. 그는 키도 늘씬하고, 미남인 데다, 사치스러운 옷을 즐겨 입었다. 그러나 왕권은 엄했다. 왕의 명령은 절대복종이었다. 그는 심지어 프랑스에 대한 불가침 공약 대가로 루이 11세로부터 조공을 받기도 했다. 리버스와 리처드는 왕에 대한 반란을 제압하는 막중한 임무를 성공적으로 수행하고 있었다.

에드워드가 아들이 성년이 될 때까지 살 수만 있었다면 문제는 없었을 것이다. 그의 측근들도 클래런스를 빼놓고는 모두가 충성을 맹세하고 있었다. 에드워드는 두 아들을 얻는 등 결혼생활은 안정되어 있었다. 그들은 태자 에드워드(1470년생)와 요크 공작 리처드(1473년생)였다. 딸은 다섯이었다. 이 가운데 가장 중요한 딸이 엘리자베스(1466년생)였다. 왕비 엘리자베스는 궁전에 친척들을 수없이 불러들였다. 형제자매는 물론이요, 그녀의 전 남편 사이에 낳은 두 아들도 그 속에는 포함되어 있었다. 이들은 관직을 얻고 부를 축적했다. 이들은 이른바 벼락치기 귀족들이었다. 에드워드가 임종을 맞이할 때, 이들은 막강한 권력을 휘둘렀지만 국민들의 신망은 얻지 못했다. 왕비는 물론이고, 이들 우드빌 일당 가운데서 유별나게 네 명의 귀족이 리처드 3세의 이야기 속에 개입한다. 한 사람은 엘리자베스의 동생 앤서니로서 1469년 리버스 백작이 된다. 또 한 사람의 형제는 에드워드 우드빌이었으며, 나머지는 왕비와 전 남편 사이의 아들인 토머스 그레이와 리처드 그레이였다.

궁전에서는 윌리엄 헤이스팅스가 중심 역할을 하고 있었다. 그는 1460년부터 에드워드와 고난을 함께했다. 그는 왕의 최고 상담역이요 절친한 친구였다. 리버스는 그를 질투하고 있었다. 도싯과 헤이스팅스는 개인적으로 암투를 벌였다. 우드빌 일파들은 전반적으로 헤이스팅스가 왕과 친밀한 관계인 것에 대해 불만이었다. 1482년 그들은 헤이스팅스를 곤경에 빠지게 해서 왕과 불화를 빚게 만들었다. 셰익스피어의 초기 작품에는 이 사건이 간혹 언급된다.

리처드는 궁전에 잘 드나들지 않았다. 그는 왕국의 북방지역을 책임지고 있었다. 그는 왕이 호출할 때만 런던에 왔다. 그는 에드워드가 40세에 타계하리라고는 전혀 예상하지 못했다. 따라서 그가 일찍부터 왕위를 넘보고 있었다는 튜더 쪽 얘기는 근거가 희박하다. 그는 유능한 행정가였다. 용감하고도 성공적인 장군이었다. 그는 주로 요크셔의 미들햄에서 그의 아내 앤 네빌과 살고 있었다. 그녀는 남편이 죽은 후 일 년째 되는 해인 1472년에 그와 결혼했다. 앤과 자매인 이사벨(클래런스의 아내)은 궁전에서 막강한 실세였다. 리처드는 한때 클래런스와 집안 재산 문제로 사이가 나빠졌지만, 1478년 클래런스가 처형될 때에는 그의 구명운동에 앞장서는 우애를 보여주었다. 리처드는 우드빌 일당이 클래런스를 죽였다고 생각했다. 리처드는 우드빌 일당을 증오했다.

클래런스는 리처드와 성격이 달랐다. 리처드는 왕의 신뢰를 얻는 충성심을 보였지만 클래런스는 왕권을 탐하는 야심에 불타고 있었다. 그래서 그는 한때 워릭의 반란에 가담하기도 했다. 에드워드가 왕권을 재장악했을 때에 살아남은 것만으로도 다행한 일이었고, 부귀영화를 누린 것은 행운이었다. 1470년대에 그는 리처드와 싸우면서 궁전을 어지럽히고, 1477년에는 여자와의 스캔들로 에드워드의 마음을 아프게 했다. 그는 또한 하인에게 이사벨 살해의 무고한 죄를 뒤집어씌워 처형하는 무분별을 보여주었고, 마술을 부린 죄로 그의 하인 한 사람이 에드워드에 의해 처형되었을 때에는 왕에게 노골적인 불만을 털어놓았다. 결국 그는 케임브리지셔에서 반란을 시도했다. 왕 에드워드는 그를 반란죄로 체포했다. 1478년 2월, 그는 사형선고를 받고, 열흘 후 런던 탑에서 처형되었다.

클래런스 죽음의 책임 문제는 논란의 대상이었다. 튜더 시대에는 리처드가 비난의 대상이 되었다. 셰익스피어는 리처드가 왕권욕에 사로잡혀 그를 체포하고 처형하는 묘사를 작품 속에서 하고 있다. 사학자들 간에는 셰익스피어의 묘사에 대해서 불만을 표시하는 측이 있다 (Peter Saccio, *Shakespeare's English Kings*, 1976, p.168 참조). 우드빌 일당이 이 일에 개입했다는 설이 신빙성이 있다고 보는 견해가 우세하다. 에드워드 왕에 대한 도전은 그들에 대한 최대 위협이었기 때문이다. 그러나 확실한 것은 클래런스 죽음의 최고 책임자는 에드워드였다는 사실이다. 그가 일을 시작했다는 것이 가장 유력한 학설이다. 에드워드는 그의 반대파를 누구든 용서하지 않았다.

에드워드 4세는 1483년 4월 9일 죽었다. 일 년 후에 그의 장남이 왕권 계승자로 선포되었다. 그러나 삼 개월 후, 글로스터 공작 리처드는 웨스트민스터 성당에서 리처드 3세가 되고 그의 아내 앤은 리처드의 왕비가 되었다. 에드워드는 어린 왕자의 보호자 역으로 요크 가의 유일한 법통인 리처드를 선임했고, 동시에 어린 왕자를 우드빌 일가의 손에 맡겨놓았다. 두 집단 사이의 왕권 쟁탈전이 시작되었다. 리처드는 북방지역이 근거지였다. 버킹엄은 남쪽이었다. 12세 된 왕자는 리버스가 맡고 있었다. 이들은 지리적으로 분산되어 있지만 셰익스피어는 무대 위에서 왕자만 빼놓고 모두 런던에 있도록 했다.

리처드와 버킹엄은 4월 29일 노샘프턴에서 만나 리버스, 토머스 본, 리처드 그레이 등을 체포하고, 어린 왕자를 우드빌 일당으로부터 격리시켰다. 리처드의 작전이 알려지자 궁전에는 소동이 일어나고 우드빌 쪽 가신들은 웨스트민스터 사원으로 피란길에 올랐다. 헤이스팅스는 환희에 넘쳐 리처드가 5월 4일 런던에 입성할 때까지 런던 시를 다스렸다. 리처드는 자신의 권력을 다져나갔다. 그는 런던 시민과 왕자의 신임을 얻었다. 하지만 튜더 가의 신화에 의하면 리처드는 오랫동안 왕권을 탐내다가, 에드워드 4세가 죽자 즉시 왕권에 도전했다는 것이다. 리처드는 그에게 반기를 들기 시작한 헤이스팅스를 6월 13일 체포해서 재판도 하지 않고 그를 처형한다. 그는 또한 리버스, 본, 그리고 그레이에게 사형선고를 하고 처형한다. 헤이스팅스와 이들에 대한 사형은 법적 정당성이 없었다. 리처드 3세는 암살자를 동원해서 조카인 왕자들을 살해했다. 셰익스피어는 이 얘기를 놓치지 않고 극화하고 있다. 이들 왕자들의 운명에 대해서는 확실한 결론을 내릴 만한 역사적 증거가 현재까지도 확보되지 못하고 있다.

1483년 가을, 우드빌 일당, 엘리자베스 우드빌, 도싯, 모턴, 버킹엄, 헨리 튜더 등에 의해서 리처드 제거를 위한 반란이 시도되었다. 이것이 왕자 잔존설의 근거가 되었다. 적어도 이 시점까지는 왕자가 살아 있었기 때문에 그들은 왕자 옹립을 위한 반란을 일으킬 수 있었다는 것이다.

리처드의 왕권 승계자인 아들이 1484년 4월에 죽었다. 앤 왕비가 1485년 4월에 죽었다. 리처드가 아내를 독살했다는 소문이 퍼졌다. 리처드 3세를 두려워하는 피난민들이 튜더 가의 헨리 곁에 모이기 시작했다. 모턴, 도싯, 존 드 베어 장군, 제임스 블런트, 스탠리 공 등이 지원을 약속하며 모여들었다. 1485년 8월 7일 헨리는 웨일스 지방의 밀포드에 상륙했다. 그가 웨일스 지방을 행군할 때 추종자들이 계속 늘어났다. 월터 허버트, 길버트 텔, 라이스 등 실력자들이 헨리 캠프에 참여했다. 리처드도 군사를 모았다. 두 군데는 8월 22일 영국 중부지방, 라이셔스터셔의 보스워스에서 만났다. 상식적으로 보아 리처드의 승리는 당연했다. 32세였던 리처드는 18세 때부터 전쟁터의 경험을 했다. 리처드의 군세도 우세였다. 문제는 리처드 편에 가담하기로 한 지지자들이 관망세로 돌아섰다는 것이다. 뿐만 아니라 리처드 3세의 심복인 노퍽 공작이 초전에서 전사해서 리처드 군대의 사기가 저하되고 동요가 극심해졌다. 설상가상으로 헨리 진영의 스탠리 공이 이끄는 기병대가 리처드를 측면으로 기습해서 그의 심복 장군들을 섬멸시켰다. 그 결과 리처드 3세는 이 싸움에서 참패하고 목숨을 빼앗겼다. 헨리는 튜더 왕조의 최초의 왕이 되었다. 그는 헨리 7세였다. 그는 요크 가의 엘리자베스와 결혼했다. 그리고 24년간 영국을 통치한다. 그의 왕조는 1603년까지 계속된다. 모턴은 캔터베리 대주교가 되었다. 그는 또한 토머스 모어의 절친한 친구가 되었다. 튜더 신화는 헨리 왕을 플랜태저넷 왕조의 혼탁한 정치에서 영국을 구한 현군으로 추앙하고 있다. 셰익스피어도 그를 하늘이 보낸 "징벌의 사자"라고 말했다.

헨리 7세에 이어 튜더가의 헨리 8세가 왕위에 올랐다. 헨리 8세는 모계 쪽이 플랜태저넷의 혈통을 잇고 있었지만, 한때 영국과 프랑스 그리고 웨일스 지방을 다스린 플랜태저넷 왕조의 혈통은 튜더 왕국에서는 사형선고나 다름이 없는 무용지물이 되었다.

플롯 시놉시스

1막 : 전쟁이 끝나고 평화로운 시대가 되었지만, 글로스터 공 리처드는 에드워드 4세가 왕위에 오른 것에 불만이었다. 그는 신체적인 불구였기 때문에 항상 열등감에 사로잡혀 있다. 그는 악인이 되어 악행을 저지르겠다고 결심한다. 그는 클래런스 공을 해칠 목적으로 'G'로 시작되는 이름을 가진 자가 에드워드의 후계자를 살해할 것이라는 유언비어를 날조해서 퍼뜨린다. 이 때문에 클래런스 공은 런던 탑에 갇힌다. 리처드는 헤이스팅스 공으로부터 왕이 중병에 걸린 사실을 알게 된다. 리처드는 왕권을 장악하기 위해 자객을 보내 클래런스를 살해한다.

리처드는 앤에게 구혼한다. 앤의 남편을 살해한 사람은 리처드였다. 앤의 남편 부친인 헨리 6세도 그가 살해했다. 그러나 리처드는 욕설을 퍼붓는 앤을 끝까지 설득해서 그녀에 대한 사랑 때문에 온갖 악행을 저지르게 되었다고 말한다. 앤은 설득당하고 그로부터 약혼 반지를 받아 곧 결혼이 가능해진다. 한편 궁정에서 리처드는 왕비와 리버스, 그의 아들 그레이 공과 말다툼하며 사이가 나빠진다. 리처드가 고용한 두 자객은 감옥에 갇힌 클래런스를 살해한다.

2막 : 중병에 걸린 에드워드는 왕실의 화평을 위해 마거릿 왕비와 그의 친척들이 헤이스팅스 공과 버킹엄 공작과의 우의를 다지도록 맹세를 받아낸다. 리처드도 외면적으로는 이런 화해 장면에 가담하지만 클래런스가 살해당했다는 소식은 왕실의 분위기를 어둡게 만든다.

에드워드 왕이 서거하자, 두 진영의 화평이 무너지고, 왕위는 어린 태자에게 계승된다. 리버스, 그레이 그리고 토머스 본 경이 웨일스로 가서 태자를 런던으로 모셔올 예정이었는데 도중에 이들은 리처드와 버킹엄에 의해 체포당한다. 에드워드 왕의 미망인인 엘리자베스 왕비와 리처드의 모친은 이 소식을 듣고 깜짝 놀라서 가족들과 함께 피난처에 숨는다.

3막 : 에드워드 왕자는 리처드와 버킹엄과 함께 런던에 도착하지만, 그는 형제 요크 공과 함께 런던 탑 감옥에 연금된다. 리처드와 버킹엄은 윌리엄 캐츠비를 헤이스팅스에게 보내, 만일에 리처드가 왕위에 오르면 헤이스팅스는 어떤 태도를 취할 것인지 그 반응을 알아본다. 헤이스팅스는 캐츠비에게 리처드가 왕권을 잡는다면 죽는 것이 낫겠다고 말한다. 스탠리 공은 헤이스팅스에게 리처드를 조심하라는 경고를 한다. 그러나 헤이스팅스는 그의 충고를 무시한다. 그날, 늦게, 런던 탑에서 회의가 개최되었을 때, 헤이스팅스는 리처드의 비난을 받고 형장에 끌려나간다. 그때 비로소 헤이스팅스는 스탠리의 경고가 옳았던 것을 깨닫는다. 리버스, 그레이, 본 등이 처형된다. 리처드는 서거한 에드워드 왕이 부도덕한 색한이라고 비난하면서 그의 자손들이 사생아라고 말한다. 태자는 평민이라고 주장한다. 이 때문에 런던 시민들과 런던 시장은 리처드만이 왕위에 오를 수 있다고 믿는다. 그는 왕위에 오른다.

4막 : 앤은 웨스트민스터로 가서 왕비가 된다. 리처드 왕은 버킹엄에게 두 왕자들을 런던 탑에서 살해하라고 명령한다. 그가 차지한 왕권에 대한 위협을 제거하기 위해서였다. 버킹엄은 그의 제의에 반대한다. 그는 리처드에 반기를 든 리치먼드 군에 합류하기로 결심한다. 왕

자의 살해 임무는 티렐이 맡고, 앤 왕비 살해는 캐츠비가 맡는다. 이 일은 리처드가 지시한 대로 수행되었다. 두 왕자는 살해되고, 앤 왕비는 죽음을 당한다. 리치먼드 군대가 밀포드에 진주한다. 리처드는 보스워스 들판에서 결전을 준비한다. 버킹엄은 불운하게도 체포되어 처형되었다.

5막 : 결전을 앞둔 전날 밤, 리처드에게 희생된 한 많은 망령들이 리처드의 꿈자리에 나타난다. 이들 망령들은 리처드의 패배를 예언한다. 리처드는 끝까지 대항해서 싸우지만 결국 리치먼드와의 결투에서 살해된다. 리치먼드는 헨리 7세가 되어 왕위에 오르며, 요크 집안의 엘리자베스와 결혼해서 장미전쟁은 종막을 고하게 된다.

작품 평가

해럴드 블룸(Harold Bloom)이 편찬한 『셰익스피어 사극론』에는 로시스터(A.P. Rossister)가 쓴 명논문 「뿔 달린 천사 : 리처드 3세론」이 실려 있는데, 그는 이 작품의 플롯 전개를 다섯 부분으로 나누고 있다. 그의 분석은 이렇다.

첫 부분인 제1막은 다섯 주제를 다루고 있다. 리처드 자신, 구혼의 주제, 리처드와 적수들의 관계, 마거릿의 저주, 그리고 클래런스의 몰락과 죽음 등이다. 둘째 부분은 제2막과 제3막의 1장부터 4장이 된다. 이 부분에서 다루어지고 있는 주제는 에드워드 왕의 비효과적인 평화중재, 리버스, 그레이, 그리고 본의 몰락, 왕자들에 대한 리처드의 공격적 행동 등이 된다. 세 번째 부분은 제3막 5장에서 제4막 3장을 차지한다. 이 부분의 중요한 내용은 글로스터와 버킹엄이 왕관을 노리는 계략이 된다. 앤이 왕비가 되고, 리처드의 왕자 살해 종용에 대한 버킹엄의 거절과 이 때문에 그에 대한 리처드의 반감과 살의의 표명도 중요하다. 엘리의 도주에 대한 리처드의 우려는 이 부분의 종막이 된다. 네 번째 부분은 제4막 4장에서부터 제5막 1장으로 연결되는 내용이 된다. 이 부분은 전에 다루어진 주제의 반복이 된다. 왕비의 긴 비탄의 장면, 마거릿의 저주의 반복, 구혼의 주제, 버킹엄의 인과응보, 리치먼드의 진군 소식, 리처드의 지도력이 동요의 빛을 보이는 내용이 중요 부분이 된다. 마지막 다섯 번째 부분은 보스워스 전장에서의 리처드의 몰락이 주요 내용이 된다. 꿈속에 나타난 망령들의 예언은 리처드가 과거에 저지른 죄를 상기시키고 있다.

〈리처드 3세〉는 로시스터가 결론적으로 지적했듯이 영국사 밑바닥에 흐르고 있는 두 신화의 갈등을 표현하고 있는 듯하다. 그 "두 역사적 신화"는 영국의 튜더 왕국의 신화가 되는데, 역사는 신이 지배하고 있으며, 세계는 신의 뜻에 의해서 신이 지향하는 궁극적인 질서와 완성의 길로 가고 있다는 사상이 된다. 셰익스피어는 〈리처드 3세〉를 집필할 때, 이런 입장을 택하고 있었다는 것이다. 또 다른 신화는 악마의 왕 리처드로 대변되는 잔혹한 르네상스적 욕망의 분출이라 할 수 있는데, 그것은 반도덕적이며 비양심적인 문명파괴적 충동이 된다. 셰익스피어의 사극에 대해 역사적이며 철학적인 해석을 시도하고 있는 틸리야드(E.M.W. Tillyard)도 셰익스피어가 이 작품을 쓰게 된 목적이 영국사에서 신의 뜻이 어떻게 작용하고 있었는가를 입증하기 위해서였다고 말하고 있다. 이 작품은 분명히 신의 징벌과 그리고 분열된 영국이 신의 뜻으로 재결합된 과정을 주제로 다루고 있다. 그러나 이 작품에서 우리가 깊이 생각해야 되는 더 큰 주제는 리처드 3세로 표현되는 악의 문제와 잔혹한 죽음의 악순환으로 인식된 역사의 개념이 된다.

셰익스피어는 리처드 3세를 플롯 전개의 중심인물로 내세워 왕권 장악의 과정과 비극적 몰락이라는 상승과 하강의 드라마를 치밀하게 구축하고 있다. 그래서 우리는 그의 파란 많은 생애가 더 큰 역사의 질서, 즉 신의 뜻이 구현되는 과정의 한 부분임을 인식하게 된다. 이 점에서 〈리처드 3세〉는 〈리어 왕〉이나 〈햄릿〉, 〈오셀로〉, 〈맥베스〉 등 선과 악의 투쟁을 묘사한 셰익스피어의 비극작품에 어떤 근원을 마련한 원형적 작품이 된다. 악의 화신은 리처드이고, 선은 정의로운 인과응보의 역할을 맡은 리치먼드가 대변하고 있다.

악의 이미지 또는 상징적 인물로서의 리처드는 그의 동기와 상징적 의미에 대해서 수많은 의문을 제기할 수 있다. 리처드는 맥베스처럼 왕권에 대한 끝없는 야망 때문에 잔혹한 살인 행위를 거듭한 인물인가? 그의 신체적 불구와 인간 혐오증은 모든 잔학 행위의 원인이 되는 것인가? 그는 타인에게 군림함으로써 자신의 추악함과 소외감을 극복하고 있는가? 그는 미움을 사고 있기 때문에 반대로 모든 인간을 경멸하고 있는 것인가? 그는 인간 본연의 잔인성과 무분별한 지배욕을 상징하고 있는가? 그는 악독한 인물이기에 흉측한 몰골로 태어났는가?

르네상스 시대의 플라톤적 사상에 의하면 외관과 내용은 서로 상관관계에 있다. 절대적인 악과 절대적인 선은 서로 끝없는 투쟁을 벌이고 있다. 그래서 모든 인간의 행위와 사건은 신의 의미와 이유를 내포하고 있다. 리처드의 탄생도 신의 계획 속에 있다. 신은 영국사의 그 시점에서 리처드의 탄생을 명령한 것이다. 그의 외모와 마음은 이미 신에 의해서 예정되어 있었다. 리처드는 그의 운명대로 악의 사도가 되지만, 그 일도 신의 거룩한 목적의 일부분인 것이다. 그는 때로 〈오셀로〉의 이아고처럼, 또는 〈리어 왕〉의 에드먼드처럼 무동기의 악행을 서슴지 않는다. 그는 악행을 하도록 타고났기 때문이다. 콜리지(Coleridge)가 이아고의 성격에 대해서 말한 무동기의 악행(motiveless malignity)이다. 이런 해석은 리처드의 성격을 해명하는 데 도움을 주고, 장미 전쟁이라는 기나긴 고난의 역사에 대한 해명이 되기도 한다. 문제는 극작가 셰익스피어이다. 그는 역사를 극으로 보았다. 역사를 연대기적 서술로 본 것이 아니라 인간의 상황으로 보았다. 그래서 그는 역사적 사실보다는 역사 속의 인간, 그 상황의 진실의 묘사에 충실하려고 노력했다. 셰익스피어는 얀 코트(Jan Kott)가 말한 대로 "역사를 극화하는 것이 아니라" 인간의 심리를 극화하고 있는 것이다. "역사의 극적인 밤"을 그려내고 있는 것이다.

〈리처드 3세〉에서 왕국 전체의 운명이 결정되는 성에서의 회의가 진행 중인 그런 밤의 시간은 보통의 일상적인 밤의 시간이 아니다. 오전 4시. 모두들 런던 탑에 모였다. 국가 최고의 권력자들이 탁자를 둘러싸고 한 자리에 모였다. 리처드가 왕으로 옹립되는 결정적인 밤의 시간이다. "육체로 느낄 수 있는 역사의 움직임"이요, 역사에 대한 설명적 요소, 에피소드, 스토리를 전부 제거하고, 인간의 운명이 결정되는 순간의 드라마, 그런 역사의 암흑을 상징하는 극적인 시간인 것이다. 극적인 시간이란 셰익스피어가 시도한 대로 역사의 긴 시간을 몇 장면 속에 압축하거나 몇 시간 속의 긴장감으로 표현하는 일이 된다.

자연의 질서가 파괴되고, 악은 악을 낳고, 복수를 낳고, 죄악은 또 다른 죄악을 부르는 잔혹한 밤, 칠흑 같은 불안과 공포의 밤에 잔혹한 음모와 살인이 저질러진다. 권력투쟁의 긴 역사의 밤이다. 그 밤에 수 많은 사람들이 희생물로 제단에 오른다. 〈리처드 3세〉에 등장하는 인 간들은 어떤 희생을 치렀는가.

왕 에드워드 4세는 헨리 6세를 퇴위시키고, 런던 탑에 유폐시켰다. 왕은 에드워드의 동생들인 리처드와 클래런스에 의해 살해당했다. 이 일이 발생하기 몇 개월 전에 튜크스베리에서 헨리 6세의 외아들이 리 처드에 의해 살해당했다. 에드워드 4세의 아들은 리처드의 명령으로 12세 때 런던 탑에서 살해되었다. 에드워드 4세의 또 다른 아들 요크 공작 리처드도 10세 때 리처드의 명에 의하여 암살되었다. 에드워드 4 세의 동생 클래런스 공작은 리처드가 보낸 자객에 의해 런던 탑에서 살 해되었다. 클래런스의 아들은 리처드가 왕위에 오르자 즉시 투옥되었 다. 클래런스의 딸은 어린 나이에 평민과 결혼시켜 후손이 왕위에 오 르지 못하게 했다. 헨리 6세의 미망인인 마거릿의 경우, 그녀의 남편은 런던 탑에서 살해되고, 아들은 전쟁터에서 죽는다. 리처드 3세의 아내 인 앤은 부친과 남편을 리처드에 의해 잃게 된다. 그녀의 의부마저 리 처드에 의해 살해되고, 결혼 후 그녀는 런던 탑에 유폐당한다. 버킹엄 은 리처드의 오른팔 역할을 한 심복이었지만, 리처드에 의해 살해된 다. 왕비 엘리자베스의 동생 리버스 백작, 왕비의 아들 그레이 공도 리 처드의 명령으로 처형된다. 헤이스팅스도 처형당한다. 그의 심복 암살 자 티렐도 그에 의해 처형당한다. 이들은 모두 리처드에 의해 희생된 사람들이다. 리처드도 리치먼드에 의해 결국 보스워스 전투에서 살해 당한다. 역사의 비극은 권력을 위해 죽이느냐, 죽느냐의 싸움에서 비롯된다. 셰익스피어 사극은 14세기 말에서 15세기 말에 이르기까지의 영국사의 정권 쟁탈전을 다루고 있는데, 그의 사극을 읽으면 우리는 역사의 비극이 인류가 발전하기 위해 지불하는 희생의 대가이고, 신의 섭리이며, 정의 실현의 방편이라는 헤겔 등이 주장하는 역사철학에 쉽게 동의할 수 없게 된다. 역사적 비극의 경우, 역사는 아무런 의미가 없이 정지하고 있다는 비관론에 우리는 쉽게 빠지게 된다.

역사는 잔혹한 악순환일 뿐이라는 생각을 어쩐지 떨쳐버릴 수 없다. 셰익스피어도 이런 역사관을 지니고 〈리처드 3세〉를 완성했을 것이다.

2) 헨리 4세 1부

〈헨리 4세 1부〉는 1598년 2월 25일 작품 등기소에 등록되었다. 가장 권위 있는 판본은 1598년에 간행된 첫 번째 쿼토판(the First Quarto)이다. 창작 시기는 〈윈저의 즐거운 아낙네들〉이 1597년 초에 집필되었기 때문에 1596년 후반기에 창작되었을 것이라는 주장이 가장 신빙성이 있다. 작품의 소재는 셰익스피어가 홀린셰드의 『Chronicles of England, Scotland and Ireland』(1587)와 새뮤얼 다니엘(Samuel Daniel)의 서사시 「The First Fowre Bookes of The Civile Wars between the two houses of Lancaster and York」(1595)에서 얻어왔다. 작가미상의 희곡인 「The Famous Victories of Henry V」(1594)에서 셰익스피어는 할 왕자의 도에 넘치는 난폭한 행동에 관한 부분을 참고로 했을 것이라는 주장도 있다. 이 작품 속에 존 올드캐슬(Sir John Oldcastle)이라는 이름을 지닌 인물이 등장하는데, 그는 폴스타프의 전신(前身)이 된다. 이 이름의 흔적이

〈헨리 4세 1부〉에도 나온다("my old lad of the castle", I, ii, 47).

플롯 시놉시스

1막 : 헨리 4세의 성지 원정은 그가 리처드 2세와 싸울 때 지원한 북방 귀족들의 불만을 해소할 때까지 연기할 수밖에 없다. 특히 왕에게 괴로운 존재는 홋스퍼이다. 홋스퍼는 홈던 전투에서 포로로 잡은 스코틀랜드 군인들을 헨리 왕에게 인도하는 일을 거부하고 있다. 웨일스의 영주 오웬 글렌다워는 에드먼드 모티머가 이끄는 영국 병사들을 최근에 격파하고 모티머를 포로로 잡고 있다. 헨리 왕을 괴롭히는 이런 사건들 외에도 왕자 할이 폴스타프 일당과 왕자의 신분을 잊고 놀아나는 추태가 또한 큰 걱정거리가 되고 있다. 헨리 왕은 홋스퍼에게 절대 양보하지 않는다. 왕은 그를 반역자로 지칭하고 있다. 홋스퍼는 헨리 왕에게 군사적 반란을 일으킨다. 홋스퍼는 부친인 노섬벌랜드와, 우스터, 리처드 스크루프, 요크 대주교, 오웬 글렌다워, 스코틀랜드군의 지도자 더글러스, 에드먼드 모티머 등의 지원군의 협력을 얻는 데 성공한다. 한편 왕자 할은 폴스타프와 여행자의 돈을 훔치는 도적행위를 모의한다.

2막 : 할 왕자와 폴스타프 일당은 모의한 대로 여행자들의 금전을 탈취한다. 할 왕자와 포인즈는 변장을 하고 일당 곁을 빠져나온다. 폴스타프 일당은 이스트치프 주막집에 모여서 영웅적 도적질을 자랑하고 술을 마신다. 폴스타프의 영웅담은 그 자리에 온 왕자 할의 폭로로 거짓임이 밝혀진다. 이들의 광란적인 술타령은 사신이 와서 왕자에게 반란 사건으로 왕실의 위급함을 알리자 끝이 난다. 2막은 폴스타프와 그

일행이 펼치는 희극적 행동이 주무대를 이룬다.

3막 : 반란군의 본부가 웨일스 북방에 설치된다. 이들 반란군은 헨리 왕에 대한 공격 준비를 서두르고 있다. 런던에 돌아온 할 왕자는 헨리 왕으로부터 심한 꾸중을 듣는다. 왕은 왕자를 홋스퍼와 비교해서 말한다. 할 왕자는 부왕에게 홋스퍼를 능가하는 전과를 올릴 것을 맹세한다. 할 왕자는 왕군의 일부를 지휘한다. 폴스타프도 왕자를 따라 종군한다.

4막 : 웨스트모어랜드, 랭카스터, 왕자 할에 의해 통솔된 왕실 군대가 반란군의 진지인 슈루즈베리로 향해 진군한다. 그곳에서 노섬벌랜드와 글렌다워에게 버림받은 홋스퍼는 왕실 군대와 싸우기 위해서 임전태세를 갖추고 있다. 요크 대주교는 반란군이 승산이 없다는 것을 눈치채고 헨리 왕을 만나러 간다.

5막 : 헨리 왕은 반란군이 무장을 해제하고 해산하면 사면할 것을 약속한다. 헨리 왕이 반란군을 의심한다고 생각한 우스터는 헨리 왕의 관대한 조건을 감추고 홋스퍼에게 헨리 왕이 완강한 자세로 양보하지 않는다고 보고한다. 홋스퍼는 이 소식을 접하자 즉각 전투에 나선다. 할 왕자는 홋스퍼에게 단독 결투를 요구한다. 전투 중에 왕자 할은 부왕을 더글라스의 수중에서 구출하고 홋스퍼를 살해한다. 폴스타프는 죽은 척하고 전쟁터에 누워 있다가 자신이 홋스퍼를 살해했다고 거짓말을 한다. 우스터와 버논은 체포되어 처형된다. 더글러스는 왕자 할이 사면해서 석방한다. 헨리 왕은 왕자 존을 보내 요크 대주교와 노섬벌랜드 토벌 작전에 참전토록 한다. 헨리 왕과 왕자 할은 합세해서 오웬 글렌다워군을 토벌하기 위해서 웨일스로 행진한다.

작품 평가

〈헨리 4세 1부〉는 "왕자의 교육", "우울한 왕실", "홋스퍼의 반란" 또는 "폴스타프"라는 부제가 붙는 작품이다. 이 작품의 역사적인 배경은 32세의 나이로 1399년 사촌인 리처드 2세의 왕관을 탈취한 랭카스터의 헨리가 1413년 자연사할 때까지의 왕국의 통치 상황이다. 셰익스피어가 묘사한 헨리 왕은 평생 왕관의 탈취를 고통스럽게 생각하며 지내고 있다. 실제로 헨리 4세의 말기 5년간은 국내적으로 평온한 시기였던 반면, 왕위에 오른 초기 8년 동안은 소란스러운 통치 시기였다. 1400년부터 1408년까지 웨일스는 해마다 여름이면 반란을 일으켰다. 이 시기 동안에 여러 모양의 반란 사건이 국내적으로 발생했다. 그러나 1409년 헨리 왕과 할 왕자의 노력으로 국내 사정이 안정되었다.

헨리 4세, 즉 볼링브로크의 헨리는 에드워드 3세의 세 번째 아들인 랭카스터 공작 곤트의 존이 첫 결혼에서 얻은 유일한 자손이었다. 그는 국내외적으로 명성을 떨친 현군으로 평가되고 있다. 그는 정력적이고 학식이 풍부하며, 경건한 생활을 하고 있었기 때문에 국민들의 신임을 얻었다.

노섬벌랜드와 그의 아들 홋스퍼는 영국 북방 최대의 영주로서 1399년 7월 유랑에서 영국으로 귀환한 볼링브로크가 왕권을 장악하도록 만든 공신들이었다. 그들은 막강한 군사력과 조직력 그리고 재정으로 웨일스에서 리처드 2세를 생포하고, 볼링브로크를 헨리 4세로 왕위에 오르게 한 공로자들이었다. 이들의 공로를 치하해서 헨리 왕은 막대한 수입, 광활한 토지, 풍부한 직책을 이들에게 하사했다. 그러나 1403년 이들은 헨리 왕에 대한 반란을 모의하게 되었다. 그 정확한 이유에 대해서는 사학자들 사이의 논란의 대상이 되고 있을 뿐, 확실한 원인을 알 수 없다. 그 원인 가운데 한 가지가 〈헨리 4세 1부〉에서 다루어지고 있는 스코틀랜드 군인 포로 문제이다. 포로 송환 문제로 퍼시 일가와 헨리 왕은 대립하고 있었다. 홋스퍼의 의형제인 에드먼드 모티머를 리처드 2세의 법적 왕권 계승자로 홋스퍼가 지목하고 있는데, 모티머가 웨일스 반군에 의해 체포되었을 때, 헨리 왕은 그의 석방금을 지불하지 않아 홋스퍼를 격노하게 만들었다. 이 때문에 생긴 불화의 원인도 이 작품에서 다루어지고 있다. 이 밖에도 왕권 탈취의 법적 정당성 시비, 금전상의 불화 등이 겹쳐서 두 집안의 반목이 심화되었는데, 셰익스피어는 두 집안의 주장을 작품 속에 공평하게 다루고 있다.

1403년 초여름 체셔에서 반란의 군사 작전이 시작된 이래로 7월 21일 슈루즈베리 북방 2마일에서 발생한 전투는 길고도 처참한 것이었다. 부상자는 속출했다. 왕실 군대 양 진영의 한쪽은 할 왕자의 지휘하에 있었고, 또 다른 쪽은 스태퍼드 백작이 지휘하고 있었는데, 그는 전사했다. 할 왕자도 얼굴에 화살의 상처를 입었지만 용감하게 싸웠다. 홋스퍼와 더글러스는 헨리 왕을 살해하려는 작전을 폈다. 이 작전은 성공하지 못하고 홋스퍼의 근위병들만 죽음을 당했다. 결국 우스터, 버논, 더글러스는 체포되고, 홋스퍼는 살해당했다. 셰익스피어 작품에서는 할 왕자가 죽인 것으로 되어 있지만 누가 죽였는지 역사는 밝히지 못하고 있다. 반군들은 도주했다. 전투가 끝나자 더글러스는 포로가 되었다. 1408년 그의 용맹성이 평가되어 할 왕자는 그를 석방했다. 우스터와 버논은 반역죄로 즉시 처형되었다. 홋스퍼 등의 시체는 그 당시 관습대로 광장 거리에 전시되었다.

3) 헨리 4세 2부

〈헨리 4세 2부〉는 1600년 8월 23일에 작품 등기소에 등록되었다. 같은 해에 쿼토판이 발행되었다. 같은 해에 이 텍스트는 초판에 삭제되었던 3막 1장이 추가되어 다시 간행되었다. 이 작품은 1623년 첫 번째 폴리오판이 발행될 때까지 더 이상 간행되지 않았다. 1600년의 쿼토판은 양질의 것이다.

폴스타프의 인기가 대단했던 〈헨리 4세 1부〉의 성공 때문에 셰익스피어는 두 작품이 무대 위에서 24시간 내에 연속되는 드라마가 되도록 2부를 쓰기 시작했다. 셰익스피어가 1597년 봄에 쓰인 〈윈저의 즐거운 아낙네들〉 이전에 2부를 썼다면, 이 작품은 1596년이나 1597년 초에 집필되었을 것이다. 2부는 에식스 경의 추종자였던 찰스 퍼시 경(Sir Charles Percy)이 1600년에 쓴 편지 속에 언급되고 있다. 이 작품의 소재는 1부의 경우와도 같다. 그러나 셰익스피어는 역사적 사실과 폴스타프의 가공적인 이야기를 교묘하게 혼합시키고 있다.

플롯 시놉시스

1막 : 프롤로그는 1부와 2부를 연결시키는 기능을 하고 있다. 사신이 등장해서 홋스퍼의 죽음을 알리고, 반란이 진압된 사실도 전하고, 노섬벌랜드는 왕실 군대가 그에게 진격해 온다는 소식을 접하고, 요크 대주교와 연합전선을 펼치려고 한다. 폴스타프는 주막에서 동료들과 이별주를 마신다. 왕의 특명으로 노섬벌랜드의 군대에 대항할 지원병을 뽑는 일을 수행하기 위해서다.

2막 : 폴스타프는 왕의 특명을 수행하기가 어려워진다. 주막집 주인인 퀴클리가 그에게 빌려준 돈을 갚으라는 소송을 폴스타프에게 제기했기 때문이다. 그러나 폴스타프는 그녀를 설득해서 더 많은 돈을 빌리고, 저녁 초대까지 받는 데 성공한다. 할 왕자와 포인즈는 그의 정체를 규명하기 위해서 웨이터로 변장을 하고 주막집에 들어간다. 이들은 폴스타프가 할 왕자를 비방하는 소리를 직접 엿듣는다. 나중에 자신들의 정체를 폴스타프에게 밝히자, 폴스타프는 나쁜 놈들이 왕자를 끌어들이지 않도록 하기 위해서 왕자 험담을 했으며, 이 모든 일은 왕자를 보호하기 위한 우정 때문이라고 말한다. 이들의 주막 파티는 북방 반란군 소탕전에 모두 호출되었기 때문에 갑자기 중단된다.

3막 : 웨스트민스터 궁전에서 왕은 워릭과 서리에게 자신의 근심 걱정, 불안감, 그리고 그의 신체적 불편함을 토로한다. 리처드 2세를 옥좌에서 밀어낸 일이 계속 그를 괴롭힌다. 글로스터셔에 도착한 폴스타프는 섈로 판사 댁에 머물면서 태평세월을 보내고 있으며, 왕실 군대를 위한 모병 업무를 보고 있다.

4막 : 요크셔에 있는 반란군 진영이다. 요크 대주교와 모브레이는 노섬벌랜드 군대가 그들의 군대와 합류하는 데 실패한 것을 알게 된다. 웨스트모어랜드는 건의문을 작성해서 랭카스터의 존에게 보낸다. 존은 그들의 건의문을 받아들이고 조속한 시일 내에 시정할 것이라고 약속한다. 반란군은 휴전이 성사되어 그들의 군대를 해산한다. 그러나 이들은 휴전 약속을 어긴 왕자에 의해 체포되고, 처형된다. 병든 왕은 왕자의 기만 행위에 관한 소식과, 그리고 노섬벌랜드 군대의 패배 소식을 접한다. 왕은 혼수상태에 빠진다. 이때, 왕자 할은 그가 죽은 줄

착각하고 왕관을 자신의 머리에 얹어놓는다. 왕이 갑작스럽게 깨어난다. 그는 처음에 아들의 행위를 의심하지만 곧 화해하고 예루살렘 방에 자신을 안치하라고 말한다. 왕은 성지 원정의 성업을 완수하지 못하고 서거한다.

5막 : 왕자 할은 헨리 5세가 되었다. 폴스타프는 급히 궁전으로 향한다. 왕은 폴스타프를 따뜻하게 응대하지 않는다. 거만하고, 위엄 있는 왕은 "나는 그대를 모른다"라고 문전 박대하면서 폴스타프와 그의 일당들의 추방을 명하고 폴스타프를 체포한다. 헨리 5세는 의회를 열어 프랑스 침공에 관한 대책을 세운다. 성공적인 프랑스 정벌은 헨리 5세를 영국사에 길이 남는 영웅적인 제왕으로 찬양받게 만들었다.

작품 평가

〈헨리 4세〉 1·2부의 구조적 특징은 정치 관계의 진지한 장면과 희극적인 일상적 생활 장면이 서로 교차되면서 서민 생활 속에서의 자유와 반항이 왕실 가족 간의 음모와 반란으로 대조를 이루면서 구성된 점이라 할 수 있다. 1부 1막 1장은 왕실과 반대파의 전쟁을 예고하고 있다. 1부 1막 2장은 폴스타프 일당이 개즈힐에서 저지르는 도적질의 모의를 다루고 있다. 이와 비슷한 예로서 2부를 보면, 영국 북방지역의 반란 사건으로 서막이 시작되는데, 다른 한편에서는 주막집에서 폴스타프에 대한 할 왕자의 반항이 시작된다. 셰익스피어는 폴스타프를 때로는 최악의 인물로 묘사하지만 근본적으로는 그가 정직한 사람이라는 성격을 확실하게 부각하고 있다. 이것이 폴스타프의 이중적 성격이다. 할 왕자는 왕자요, 임금이다. 그는 명예로운 인간이요, 능력과 지성을 갖춘 인간이요, 폴스타프를 한때 따라다녔던 자유인이었다. 그러나 결국은 간교한 정치가요, 위선자가 되었다. 극적 상황의 이중성은 인물의 성격적인 이중성을 바닥에 깔고 갈등 구조를 만들고 있다. 1부와 2부의 작품 분석에서 우리는 이 점을 중시해야 한다. 이것이 작품 해석의 초점이다.

2부에 묘사된 역사적 사건은 치밀한 체계를 이루고 있지 않다. 셰익스피어는 왕에 대한 노섬벌랜드의 북방 반란 사건을 마키아벨리적인 존 왕자를 주축으로 그리고 있으면서, 동시에 이 사건을 1569년 엘리자베스 여왕에 대한 북방 가톨릭교도들의 반란과 비교하고 있다. 이런 사건의 유사성이 당시 관객들을 즐겁게 만들고 있었다. 2부에서 중요한 부분은 폴스타프의 부인(否認)과 배척이다. 이 부분을 준비하기 위해서 셰익스피어는 치밀하게 작품 초반에서 폴스타프의 위신을 떨어뜨리고 그를 사기꾼이며 주정뱅이 색한으로 만들고 있다. 그러나 희극적인 폴스타프의 성격 창조는 2부에서도 놀라운 성과를 거두고 있다. 관객들은 그를 보고 웃고, 또 웃는다. 너무나 재미있는 폴스타프 때문에 웃음은 폭발적이다. 그 웃음이 그의 추방을 감싸고 있다. 즐거운 할 왕자 대신, 2부에서는 그의 단짝이 피스톨이 등장한다. 정부인 돌 티어시트도 그의 동반자이다. 어리석고 이기적이고 부패한 섈로 판사는 과장된 폴스타프처럼 창조되고 있어서 폴스타프와 대조를 이루면서 이 작품의 희극적 효과를 배가시키고 있다. 5막 4장에서는 폴스타프의 두 동료가 범죄자로 낙인 찍히는 수모를 폴스타프 자신이 감내해야 한다.

셰익스피어의 비극에는 햄릿이 있다. 셰익스피어의 희극에는 샤일록이 있다. 그의 사극에는 누가 있는가. 우리는 폴스타프가 있다고 말할 수 있다. 폴스타프에게 붙여진 별명만 봐도 그가 어떤 사람인지 알 것만 같다. 악한, 기생충, 바보, 허풍선이, 군인, 타락한 폭식가, 색한, 거짓말쟁이, 겁쟁이 등이다. 새뮤얼 존슨(Dr. Samuel Johnson)은 그를 "존경할 만한 것이 하나도 없는 인간"이라고 말했고, 조지 버나드 쇼(George Bernard Shaw)는 그를 "얼빠진 못난 늙은이"라고 말했다. 그러나 오스카 와일드(Oscar Wilde)는 그를 "광범위한 총체적 의식"의 소유자라고 격찬했다. 나는 그의 의견에 동의한다. 그는 우리를 웃기지만, 자신은 눈물을 흘리고 있는지도 모른다. 아니면, 그는 시종 너털웃음을 발산하고 있지만 우리는 웃으면서도 사실은 울고 있는지도 모른다. 시인 오든(W.H. Auden)은 그에 대해서 날카롭고도 의미심장한 말을 하고 있다. "폴스타프는 초월적인 자비의 질서에 속하는 희극의 상징"이다. 폴스타프의 매력은 그를 통해 셰익스피어가 우리 모두를 포용하고 있다는 사실 때문이다. 우리는 폴스타프를 감싸지 못할 것 같다. 그는 아비규환 지상에 내려온 구세주인가라는 생각이 들 때도 있다. 할 왕자가 그를 부인할 때도 그는 왕자를 사랑했다. "어째서 폴스타프는 희극에 등장하지 않고 사극에 등장했는가?" 헤롤드 블룸은 그의 「셰익스피어 사극론」 서론에서 이런 의문을 제기하고 있다. 그의 답변은 작중인물에게 무한한 자유를 주기 위해서라는 것이다. 비극과 희극에서는 폴스타프 같은 인물이 자유로운 행동을 할 수 없다는 것이다. 사극은 왕이나 귀족들에게는 자유로운 장르가 되지 못하지만, 폴스타프 같은 희극적 인물에게는 가능하다는 것이다. 어떻게, 그리고 왜 그것이 가능한가? 헤롤드 블룸은 답변하고 있다. "폴스타프는 자신이 아버지요, 어머니인 것이다. 얼떨결에 그는 지혜 덩어리로 태어났다. 그는 관객만 원한다. 이것이 그의 이상이다. 그 관객을 그는 언제나 소유하고 있다." 헨리 5세가 된 할 왕자가 필요한 것은 그를 추종하는 사람들뿐이다. 폴스타프는 추종자가 될 수는 없는 성격의 인물이다. 폴스타프는 상류계급 사람들을 우롱하고 그들의 악을 폭로하고, 겁을 주면서, 하류계급 사람들의 온정에 기대며 살아간다. 그래서 하류계급 사람들은 그를 좋아한다. 그가 무대에 나타나면 환호성을 지른다. 그래서 드라이든(Dryden)은 그를 "최고의 희극적 인물"이라고 말했다. 낭만주의 비평의 선구자인 모건(Maurice Morgann)은 1777년에 「폴스타프의 성격론」을 발표했는데, 그는 폴스타프가 정직하고 용감한 인물이라고 주장하고 있다. 모건의 긍정적 성격론은 19세기 폴스타프론의 주조를 이루었다. 그의 영향을 받은 브래들리(A.C. Bradley)는 그의 논문 「폴스타프의 배척(Oxford Lectures on Poetry)」(1909)에서 폴스타프의 존재는 "유머에서 얻어진 자유의 축복"이라고 말하고 있다.

도버 윌슨(Dover Wilson)은 1943년 『폴스타프의 운명』을 출간해서 역사비평의 입장(E. E. Stoll의 「폴스타프론(Shakespeare Studies)」(1927)은 이 학파의 대표적 논문임)을 옹호했다. 그에 의하면 폴스타프는 중세 도덕극의 악의 상징을 발전시켜 표현하고 있다는 것이다. 엘리자베스 시대 관객들은 폴스타프를 도덕적 가치 기준의 맥락에서 받아들이고 있었다는 것이 윌슨의 주장이었다.

〈헨리 4세〉(2부작)는 셰익스피어 사극 가운데서 가장 학문적인 연구 분석이 활발했던 작품이다. 지난 400년 동안 진행된 이 작품의 쟁점 가운데서 가장 두드러진 주제가 폴스타프의 성격론이다. 그밖에도 성격 연구의 중요 대상은 홋스퍼와 할 왕자가 된다. 〈헨리 4세〉(2부작)와 타

역사극과의 비교, 역사적 사실과 희곡적 상상력, 작품의 구성 문제, 역사와 희극의 혼합적 구성의 문제, 할 왕자의 폴스타프 배척의 의미 등도 중요한 연구대상이 된다. 20세기에 들어와서 신비평주의(New Criticism)을 주창한 클리언스 브룩스(Cleanth Brooks), 로버트 헤일만(Robert Heilman), 엘리스 퍼머(Ellis Fermor), 트라버시(T.A. Traversi) 등과 셰익스피어 학자들은 역사학파의 이론에 이의를 제기하게 되었다. 이들은 〈헨리 4세〉(2부작)의 중심적 갈등 구조와 미덕, 선악, 허영심, 정치적 권위 등의 주제보다는 할 왕자의 개혁 의지와 이상적인 군주가 되려는 생각, 그리고 이 같은 욕망이 타 인물과 극적 상황에 미치는 영향이 무엇인가라는 주제가 더 중요하다고 말하고 있다. 역사학파의 주장에 반론을 제기한 두 사람의 비평가는 고다드(Harikd C. Goddard)와 헤밍웨이(Samuel B. Hemingway)이다. 전자는 낭만주의파와 반낭만주의파의 연구를 종합해서 셰익스피어는 두 사람의 할 왕자와 두 사람의 폴스타프를 창조했다고 주장하기에 이르렀고, 후자의 경우는 모건과 브라들리를 스톨과 도버 윌슨의 접근방법에 결합시키는 공적을 남겼다. 최근의 연구 방향은 틸리야드나 윌슨의 역사학파에서 벗어나서 희곡의 구조와 언어적 요소를 고찰하는 일에 집중하고 있는 것이 특징이다. 포터(Joseph Porter)나 펫처(Edward Pechter) 등이 이 같은 연구의 주류를 이루고 있다.[이들의 연구 성과를 고찰하기 위해서는 다음의 저작물을 참고하면 될 것이다. Joseph A. Porter, "'1 Henry IV'"와 "'2 Henry IV'", The Drama of Speech Acts: Shakespeare's Lancastrian Tetralogy, University of California Press, 1979: Edward Pechter, "Falsifying Men's Hopes: The Ending of 'Henry IV', in Modern Language Quarterly, Vol. 41, No 3,

September, 1980]

4) 헨리 5세

〈헨리 5세〉는 1600년 8월 4일 작품 등기소에 인쇄업자 제임스 로버츠(James Roberts)에 의해 등록되었다. 1600년 첫 쿼토판이 발행되었을 때도 이 작품은 그 속에 수록되었다. 창작 연월일은 작품 속에 기록된 에식스 경의 아일랜드 토벌 때문에(5막 프롤로그 30-34) 정확성을 기할 수 있다. 에식스 경은 런던을 1599년 3월 27일에 출발했다. 그는 더블린을 4월에 도착했으며, 같은 해 9월 28일 토벌 작전에 실패하고 런던으로 귀환했다. 그러기 때문에 셰익스피어는 이 작품을 1599년 3월 27일에서 9월 28일 사이에 집필했을 것이다. 헨리 5세(1387~1422)는 1413년에 왕위에 올랐다. 셰익스피어는 1587년 판 홀린셰드의 연대기에서 그 소재를 얻어왔다. 〈헨리 5세의 유명한 승리〉라는 무명작가에 의한 희곡 작품이 등록된 것은 1594년 5월 14일이니 셰익스피어가 이 작품을 참고로 했을 것이라고 추측할 수 있다.

플롯 시놉시스

1막 : 헨리 왕은 선왕의 경우와 마찬가지로 국내의 소요를 막으려면 해외 원정의 수단밖에 없다고 생각한다. 캔터베리 대주교의 재정적 지원 약속은 헨리 왕에게는 큰 힘이 되었다. 대주교는 왕에게 프랑스가 영국의 영유권을 무시하는 것은 처가 쪽의 영토 소유권의 양도를 금지하는 살리크 법(Salic Law) 때문이라고 일러준다. 대주교는 영토 소유권을 주장할 것을 왕에게 종용한다. 왕은 프랑스로 원정의 길을 떠나겠다고 공언한다. 한편 프랑스 대사는 영국 왕에게 모욕적인 선물을 한다. 이 일 때문에 영국 왕은 격노한다.

2막 : 런던 시내의 길이다. 바돌프와 피스톨은 님 하사를 사귀게 된다. 님 하사는 퀴클리와 연관된 사랑싸움에 휘말리게 된다. 피스톨은 현재 퀴클리와 부부관계이다. 한 소년이 와서 폴스타프가 중병을 앓고 있다면서 퀴클리를 찾는다고 전한다. 피스톨과 님 하사는 화해를 하고, 바돌프와 함께 군에 입대해서 프랑스로 떠나겠다고 말한다. 퀴클리는 이들을 데리고 폴스타프한테로 간다. 폴스타프는 왕의 문전박대 때문에 상심하고 열병을 앓으며 죽어가고 있다.

사우샘프턴에서 왕은 세 궁신들 ― 케임브리지 백작, 스크루프 공, 토머스 그레이 공 ― 과 대화를 나눈다. 이들은 프랑스와 내통하면서 왕을 살해하는 음모를 꾸미고 있다. 왕은 이들의 체포를 명한다. 헨리 왕은 이들에게 사형선고를 한다. 피스톨과 님 하사와 바돌프는 폴스타프의 죽음을 슬퍼한다. 프랑스 궁정에서는 영국 왕의 군세를 과소평가하고 있다. 이때 엑서터 공작이 도착해서 헨리 왕이 찰스 왕의 퇴위를 요구하고 있다고 전한다.

3막 : 찰스 왕은 헨리 왕의 감정을 누그러뜨리기 위해서 영토의 할양과 자신의 딸 카트린을 왕비로 삼을 것을 사신을 통해 알리지만, 영국 왕은 이에 동의하지 않고 프랑스 정벌의 항해를 시작한다. 영국군은 프랑스 땅 아르플뢰르를 포위한다. 그는 아르플뢰르 시장에게 도시를 초토화하겠다고 위협한다. 시장은 프랑스 왕의 지원이 불가능하다고 판단해서 항복한다. 영국군은 칼레로 진군한다. 아쟁쿠르 근교에서 프랑스군은 결전의 준비를 하고 있다. 프랑스군은 여전히 영국군의 전력을 과소평가하고 있다.

4막 : 헨리 왕은 전투 전날 밤, 군의 사기 진작을 위해 진영 내 막사를 순시하고 있다. 변장을 한 헨리 왕은 수많은 병사들과 대화를 나누면서 왕의 책임이 막중하다는 것을 통감한다. 그는 신에게 가호를 빈다. 그는 병사들에게 비록 병력은 열세지만, 승리의 영광과 보상은 크다는 것을 역설한다. 승리하면, 이들 병사들의 명예는 영국사에 길이 남을 것이라고 그는 웅변으로 강조한다.

왕의 순시와 격려는 효과적이었다. 전투에서 프랑스군은 사기가 떨어져 후퇴하면서 전열이 흐트러졌다. 헨리 왕은 전과에는 만족했지만, 충신 서퍽과 요크를 잃은 것을 몹시 슬퍼했다. 프랑스군은 다시 한번 반격해왔지만, 영국군은 이들을 용감하게 격퇴했다. 프랑스군은 귀족들을 포함해서 1만 명이 전사했고, 영국군은 29명의 사망자가 나왔을 뿐이었다. 헨리 왕은 신의 가호에 감사했다. 영국군은 칼레로 향해 진군하며, 개선의 날을 기다리고 있었다.

5막 : 헨리 왕은 의기양양하게 영국으로 귀환했다. 그는 다시 프랑스로 가서 샤를 6세와 평화 회담을 가졌다. 평화회담의 조건 가운데 하나가 공주 카트린과의 결혼이었다. 헨리 왕은 그녀의 손을 잡고 백년가약을 맺었다. 헨리 왕은 프랑스 왕의 후계자로 지명되었다.

작품 〈헨리 5세〉는 헨리 왕의 성공적인 치세와 생애를 요약하면서 대단원의 막을 내린다.

작품 평가

〈헨리 5세〉로서 셰익스피어는 플랜태저넷 왕조에서 튜더 왕조에 이르는 1백 년간의 역사극 집필을 종결지었다. 셰익스피어는 역사극을 통해 런던 시민들에게 이상적인 군주의 모습이 어떤 것인지 보여주었을 뿐만 아니라, 역사란 무엇인가라는 근원적인 문제에 대해서도 깊은 생각을 하도록 만들어주었다. 헨리 4세는 강한 군주였다. 그러나 그는 법통을 이은 왕이 되지 못했다. 리처드 2세는 법통을 이은 군주였지만, 강력한 왕이 되지 못했다. 헨리 5세는 현군이었고, 민주적인 군주였으며, 국민들이 숭상하는 이상적인 왕이었다. 그러나 한 가지 풀리지 않는 헨리 왕의 문제점은 왕자 시절의 동료들을 왕위에 오른 후에는 잔혹하게 추방했다는 사실이다. 그렇기 때문에 19세기 이후 현대에 이르기까지 〈헨리 5세〉의 핵심적인 논제는 헨리 왕의 성격 문제였다. 학자들은 헨리 왕이 이상적인 군주인지, 아니면 마키아벨리적인 위선적인 정치인인지, 이 문제를 놓고 수많은 논쟁을 펼치고 있다.

19세기에서 20세기에 걸쳐, 저명한 셰익스피어 학자들은 헨리 왕의 성격 규정 이외에도, 전쟁, 정치, 통치, 국민적 화합, 영웅주의, 감성과 이성의 갈등, 신하와 임금의 이상적 관계, 질서와 조화, 애국심, 코러스의 기능, 폴스타프의 죽음, 서사적 기법, 대주교의 프랑스 침공 이유, 헨리 왕의 결혼, 희극적 요소, 구성과 스타일의 문제, 플루엘렌의 성격 창조, 프랑스 귀족들의 문제 등이 중요한 연구 주제가 되었다.

헨리 왕의 성격에 관해서는 1947년에 발표된 윌슨(John Dover Wilson)의 논문(An Introduction to King Henry V by William Shakespeare, edited by John Dover Wilson, Cambridge at the University Press, 1947, pp.vii–xlvii 참조)이 도움이

될 것이다. 윌슨은 헨리 왕을 영웅적인 군주로 평가하고 있다. 그러나 찰턴(H.B. Charlton)은 1929년의 강연에서, 셰익스피어가 묘사한 헨리 5세는 〈헨리 4세〉 1부와 2부에서 묘사된 왕의 모습과 흡사하다고 지적하면서, 헨리 5세의 성격은 공적인 인간 헨리 왕과 사적인 인간 헨리로 분열되고 있다고 말했다. 이 때문에 헨리 왕의 행동에는 때로 이율배반적인 모순이 발생하고 있다는 것이다. 찰톤은 "정치 생활에서 좋은 것은 도덕적 생활에서는 정반대의 것이 된다"고 말하면서 헨리 왕이 이 경우에 해당된다고 말했다. 그러나 수많은 20세기의 셰익스피어 학자들은 헨리 5세야말로 셰익스피어가 몽상하고 있는 이상적인 군주라는 결론을 내리고 있다. 이와는 반대되는 의견으로서 브라들리는 헨리 5세가 겸손, 신중, 웅변, 탁월한 지도력 등 이상적인 군주로서의 미덕을 갖추고는 있지만, 이기심 때문에 자비심이 부족하다는 점을 지적하고 있다. 해즐릿(William Hazlitt)의 주장도 그의 견해와 비슷하다. 그는 헨리 5세를 "사랑스러운 악마"라고 말하면서 헨리 왕의 성격을 부정적으로 평가하고 있다(William Hazlitt, ‘Henry V’, Characters of Shakespeare's Plays, 1817, Reprint by J. M. Dent & Sons Ltd., 1906, pp. 156–64). 나는 헨리 5세와 같은 복합적인 성격의 인물을 분석하는 경우에는 다원적인 측면에서의 종합적인 접근 방식이 필요하다고 생각한다. 셰익스피어의 주인공들은 모두가 다양한 심리와 외양(外樣)을 지니고 있기 때문이다.

반 도렌(Van Doren), 짐바도(Zimbardo), 비커스(Vickers) 등 현대의 셰익스피어 학자들은 이 작품의 언어적 요소를 면밀하게 연구한 학자들이다. 이들은 희곡의 구조, 서사적 요소와 희극적 요소의 혼합 문제 등을 집중적으로 연구해서 새로운 해석의 지평을 열었다. 그랜빌바커

(Granville-Barker)는 이 작품에서 사용되고 있는 코러스의 기능에 관해 우수한 연구 성과를 올렸는가 하면, 체임버(E.K. Chamber)는 이 작품에 표현된 전쟁과 애국심에 관해서 탁월한 연구 성과를 올렸다(E. K. Chambers, "Henry the Fifth'," Shakespeare: A Survey, 1925. Reprint by Hill and Wang, 1959, pp.136-145).

이태주

연도	윌리엄 셰익스피어	시대 배경
1564 (0세)	4월 23일 출생. 4월 26일, 존과 메리의 장남으로서 세례 받음.	C. 말로 탄생. 갈릴레오 탄생. 미켈란젤로 사망.
1565 (1세)	7월 4일 존, 스트랫퍼드 시참사위원(alderman)으로 피선(被選). 9월 12일 임명.	『지혜의 보고』의 저자 프랜시스 미아즈 탄생.
1566 (2세)	10월 13일, 존과 메리의 차남 길버트 세례.	해군대신극단 대표배우 에드워드 아렌 탄생.
1568 (4세)	9월 4일 존, 스트랫퍼드 시장(bailiff)에 선출됨.	메리 스튜어트 폐위. 영국에서 유폐됨.
1569 (5세)	4월 15일, 존과 메리의 다섯 번째 아이 조앤(Joan) 세례.	여왕극단, 우스터백작극단 스트랫퍼드에서 공연.
1571 (7세)	이즈음 윌리엄은 문법학교 킹즈 뉴 칼리지에 입학. 9월 28일 4녀 앤 세례 받음.	윌리엄 세실 경, 벌리 경이 됨.
1574 (10세)	3월 11일, 존과 메리의 일곱째 아이 리처드 세례. 전염병으로 런던 공연 금지.	5월 10일 레스터경극단이 왕실의 후원을 받음.
1575 (11세)	존, 스트랫퍼드에 정원과 과수원이 있는 두 채의 집을 40파운드로 구입. 윌리엄은 아마도 케닐워스의 축제를 봤을 것이다. 〈한여름 밤의 꿈〉에 반영되어 있다.	7월, 엘리자베스 여왕, 케닐워스 성 방문.
1576 (12세)	존, 문장(紋章) 허가 신청. 이때부터 존은 마을 의회 결석이 잦음. 군비 의연금도 미납.	제임스 버비지의 상설극장 '시어터(The Theatre)'가 쇼어디치에 건립됨.
1577 (13세)	존, 이때부터 재정적 어려움 때문에 공식회의 불참.	커튼극장 건립. 홀린셰드, 『연대기』 초판 발행.
1578 (14세)	11월 14일, 존은 부인의 유산 일부인 윌름코트의 집과 토지를 담보로 의형 에드먼드 란바트의 돈 40파운드 차입.	8월 24일, 존 스톡우드가 설교 중에 극장 비난.

연도	윌리엄 셰익스피어	시대 배경
1579 (15세)	4월 4일, 4녀 앤 매장. 존, 스니타필드의 토지를 4파운드에 매각.	노스 역 『플루타르크영웅전』 출판. 존 플레처 탄생.
1580 (16세)	5월 3일, 4남(여덟 번째 아이) 에드먼드 세례. 존, 치안유지법 위반으로 20파운드의 벌금 지불.	『영국연대기』 출판.
1581 (17세)	8월 3일, 랭커셔에 사는 알렉산더 호턴의 유언장에 '배우 윌리엄 셰익스피어'에게 연금 2파운드를 남긴다는 기록이 있음. 윌리엄의 이름이 최초로 문서에 기록.	10월, 6세의 헨리 리즐리가 3대째의 사우샘프턴 백작이 됨.
1582 (18세)	11월 27일, 윌리엄, 8세 연상의 앤 해서웨이와 결혼.	버클레이경극단, 스트랫퍼드에서 공연. 에든버러대학 창립
1583 (19세)	5월 26일, 윌리엄과 앤의 장녀 수재나 세례.	옥스퍼드백작극단, 우스터백작극단 등이 스트랫퍼드에서 공연.
1585 (21세)	2월 2일, 쌍둥이 햄닛과 주디스 세례.	제임스 버비지, 커튼극장의 경영권 장악.
1586 (22세)	9월 6일, 존, 시의원에서 해임. 윌리엄, 런던행(?).	여왕극단, 레스터백작극단이 스트랫퍼드에서 공연.
1587 (23세)	6월 13일에 발생한 상해 사건으로 결원을 채우기 위해 윌리엄이 여왕극단에 가입한 가능성 있음.	헨슬로, 로즈극장 건립. 홀린셰드, 『연대기』 제2판 간행.
1588 (24세)	윌름코트 토지가옥 변제를 청구하면서 윌리엄이 란바트에 소송 제기.	레스터 백작 사망. 영국 해군, 스페인 무적함대 격파. 리처드 탈턴 매장(9월 3일).
1589 (25세)	윌리엄, 스트랑경극단과 해군대신극단이 합병해서 만든 극단에 관계함.	로버트 그린의 『Menaphon』에 쓴 토머스 내시의 서문에 〈원햄릿(Ur-Hamlet)〉이 언급됨.
1592 (28세)	윌리엄 그린의 책 『문(文)의지혜』(9월 20일 출판등록)에서 윌리엄을 비난하는 문구 '벼락출세한 까마귀(upstartcrow)' 발견.	6월, 극장 폐쇄. 9월 3일 그린 사망. 에드워드 알레인, 헨슬로의 양녀와 결혼해서 헨슬로와 동업자가 됨.

연도	윌리엄 셰익스피어	시대 배경
1593 (29세)	사우샘프턴 백작에게 〈비너스와 아도니스〉 헌정. 출판등록 4월 18일. 같은 해에 4절판으로 등록. 〈타이터스 앤드로니커스〉 집필. 〈말괄량이 길들이기〉 집필. 〈루크리스의 능욕〉 집필.	극작가 크리스토퍼 말로 살해당함(5월 30일). 전염병으로 윌리엄이 소속된 펜브루크백작극단이 어려움을 겪음.
1594 (30세)	윌리엄, 궁내대신소속극단에 단원으로 참가. 〈타이터스 앤드로니커스〉 출판 등록(2월 6일). 동년에 양(良)사절판으로 출판. 로즈극장에서 공연(1월 23일). 〈헨리 6세 2부〉 출판 등록(3월 12일). 동년에 악(惡)사절판 출판. 〈루크리스의 능욕〉 출판 등록(5월 9일). 동년 양사절판으로 출판. 〈실수 연발〉 그레이 법학원에서 공연(12월 28일). 〈베로나의 두 신사〉 집필. 〈사랑의 헛수고〉 집필. 〈로미오와 줄리엣〉 집필. 〈말괄량이 길들이기〉 공연(6월 13일).	1592년부터 이래로 폐쇄되었던 정규공연이 6월에 시작됨. 스트랫퍼드 대화재(9월 22일). 헨리 거리의 셰익스피어의 가옥도 피해를 입음. 펜브루크백작극단 해체(12월 28일). 6월 7일에 유대인 의사 로더리고 로페즈가 여왕 암살 용의로 처형됨.
1595 (31세)	3월 15일에 전년 12월의 어전공연에 대한 지불 명부에 20파운드의 액수와 간부단원 윌리엄의 이름이 기록됨.	9월, 스트랫퍼드 화재. 〈리처드 2세〉 또는 〈리처드 3세〉 공연(12월 9일). 프랜시스 랭글리, 펜브루크백작극단의 본거지인 스완극장 건립.
1596 (32세)	8월 11일, 장남 햄닛 매장(11세). 10월 20일에 존, 문장 사용 허가받음. 윌리엄, 비숍게이트의 세인트헬렌에 거주(10월).	스완극장에서 네덜란드의 관광객 한니스 드 위트가 관객을 3천 명으로 추산. 2월 4일에 제임스 버비지가 블랙프라이어즈극장을 600파운드로 구입.

연도	윌리엄 셰익스피어	시대 배경
1597 (33세)	5월 4일에 윌리엄, 스트랫퍼드에서 가장 아름답고 두 번째로 큰 '뉴 플레이스' 저택을 60파운드에 구입. 〈윈저의 즐거운 아낙네들〉 공연(4.22~23). 〈리처드 2세〉 출판등록(8.29), 동년 양사절판 출판. 〈리처드 3세〉 출판 등록(10.20), 동년 양과 악의 중간사절판 출판. 〈헨리 4세 1부, 2부〉 집필(1597~1598). 〈사랑의 헛수고〉 공연.	2월 2일 제임스 버비지 매장.
1598 (34세)	〈헨리 4세 1부〉 출판 등록(2.25), 출판. 〈베니스의 상인〉 출판 등록(7.22). 윌리엄, 벤 존슨의 〈각인각색〉에 출연(9.20 이전). 〈사랑의 헛수고〉 양사절판 출판(12월). 〈헛소동〉 집필(1598~1599). 〈헨리 5세〉 집필(1598~1599)	재상 윌리엄 세실 사망. 프랜시스 미어스의 수기 『지식의 보고』 출판(9.7). 이 책에는 윌리엄에 관한 여러 가지 언급이 있음.
1599 (35세)	2월 21일, 윌리엄, 주주의 한 사람으로서 글로브극장 건설 운영에 관한 계약서 작성. 세인트 헬렌에 보관된 세금 관계 서류에 윌리엄의 이름이 있음. 글로브극장 개장. 〈줄리어스 시저〉 집필. 글로브극장에서 공연(9.21). 〈로미오와 줄리엣〉 양사절판 출판. 〈당신이 좋으실 대로〉 집필(1599~1600). 〈십이야〉 집필(1599~1600).	시인 에드먼드 스펜서 사망. 풍자문학 금지(6.1). 에식스 백작의 아일랜드 원정 실패.
1600 (36세)	〈당신이 좋으실 대로〉 등록(8.4), 출판 보류. 〈헛소동〉 등록(8.4). 양사절판 출판(10월). 〈헨리 4세 2부〉 등록(8.23). 양사절판 출판. 〈헨리 5세〉 등록(8.23). 악사절판 출판. 〈한여름 밤의 꿈〉 등록(10.8). 템스강 남안(南岸) 크린크 지구 납세자 리스트에 13실링 4펜스 미납 기록.	동인도회사 설립. 헨슬로, 520파운드를 들여서 포춘극장 건립.

연도	윌리엄 셰익스피어	시대 배경
1601 (37세)	부친 존 사망. 9월 8일 매장. 궁내대신극단이 에식스 백작 일당의 요청에 의해 왕위 찬탈극 〈리처드 2세〉 글로브극장에서 공연(2.7). 〈십이야〉 궁전에서 공연(1.6). 〈햄릿〉 집필(1601~1602). 〈트로일로스와 크레시다〉 집필(1601~1602).	2월 8일, 에식스 백작, 런던에서 반란 일으키다 체포되어 사형 됨(2.25). 사우샘프턴 사형 면함.
1602 (38세)	5월 1일 윌리엄, 스트랫퍼드에 107에이커의 토지를 320파운드로 구입. 윌리엄, 런던 크리플게이트에 하숙. 〈윈저의 즐거운 아낙네들〉 등록(1.18). 악사절판 출판. 〈햄릿〉 등록(7.26). 〈끝이 좋으면 다 좋다〉 집필(1602~1603).	
1603 (39세)	5월 19일, 궁내대신극단이 국왕극단이 되다(5.19). 〈트로일로스와 크레시다〉 등록(2.7). 〈햄릿〉 악사절판 출판.	엘리자베스 여왕 사망(3.24). 튜더 왕조 끝남. 제임스 1세 즉위하여 스튜어트 왕조 출범. 3월 19일 전염병으로 극장 1년간 폐쇄.
1604 (40세)	〈오셀로〉 집필. 11월 1일 궁정에서 공연. 〈자에는 자로〉 집필(1604~1605). 12월 26일 궁전에서 공연. 〈햄릿〉 양사절판 출판. 〈윈저의 즐거운 아낙네들〉 궁정에서 공연(11.4).	4월 9일, 극장 개관. 제임스 1세 스페인과 화평 체결.
1605 (41세)	국왕극단이 〈헨리 5세〉를 궁정에서 공연(1.7). 국왕극단이 〈베니스의 상인〉을 궁정에서 공연(2.10). 〈리어 왕〉 집필(1605~1606).	11월 15일, 가이 포크스의 의사당 폭파 음모사건(화약음모사건) 발각. 레드불극장 개관.
1607 (43세)	6월 5일 장녀 수재나, 의사 존 홀과 결혼(6.5). 〈리어 왕〉 출판등록(11.26). 〈코리올레이너스〉 집필. 〈아테네의 타이몬〉 집필. 〈맥베스〉 아마도 햄프턴코트에서 덴마크 왕 크리스찬 4세 방문을 기념해서 공연(8.7). 〈햄릿〉 영국 함선 드래곤호 선상에서 공연. 12월 31일 윌리엄의 동생 배우 에드먼드 셰익스피어 매장(12.31).	7월~11월, 전염병으로 극장 폐쇄.

연도	윌리엄 셰익스피어	시대 배경
1608 (44세)	수재나의 장녀 엘리자베스 출생(2.8.세례). 모친 메리 사망(9.9. 매장). 〈안토니와 클레오파트라〉 등록(5.20). 〈리어 왕〉 양과 악의 중간판본 출판. 〈페리클레스〉 집필(1608~1609), 등록(5.20).	시인 존 밀턴 출생. 8월 9일, 국왕극단이 블랙프라이어즈 극장 임대권 매입.
1610 (46세)	윌리엄, 고향에 은퇴. 〈겨울 이야기〉 집필(1610~1611).	2월, 제임스 1세 의회 폐쇄.
1611 (47세)	〈심벨린〉 관극(4월 하순) 기록(점성가 사이먼 포맨). 〈겨울 이야기〉 글로브극장에서 공연(5.15). 〈템페스트〉 집필(1611~1612). 동년 궁정에서 공연(11.1).	흠정(欽定)영역성서 출판.
1612 (48세)	〈헨리 8세〉 집필(1612~3).	태자 헨리 사망.
1613 (49세)	2월 4일 동생 리처드 매장. 런던 블랙프라이어즈 지구에 140파운드를 들여 게이트 하우스 (Gate-House) 구입.	〈헨리 8세〉 공연 중(6.29) 글로브극장 소실. 곧 재건립 착수.
1614 (50세)	글로브극장 6월 준공(1400파운드 소요됨).	호프극장 건립.
1615 (51세)	〈리처드 2세〉(제5쿼토판) 출판(90월).	조지 채프먼이 호메로스의 『오디세이』 완역.
1616 (52세)	1월 26일경, 윌리엄 유언장 작성. 차녀 주디스가 토머스 퀴니와 결혼(2.10). 유언장 수정, 서명(3.25). 4월 23일 윌리엄 셰익스피어 사망. 스트랫퍼드 홀리 트리니티교회에 매장(4.25). 11월 23일, 토머스와 주디스의 아들 셰익스피어 세례. 『루크레스의 능욕』 출판.	1월 6일 헨슬로 사망.
1623	8월 6일, 윌리엄의 아내 앤 사망(67세). 11월 8일 윌리엄의 전집 첫 폴리오판이 셰익스피어의 동료배우들인 존 헤밍스와 헨리 콘델에 의해 출판.	

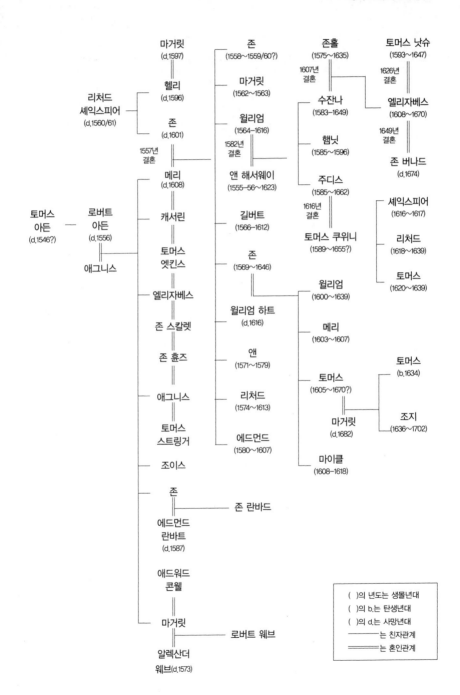

셰익스피어 가계도

마거릿
(d.1597)

헬리
(d.1596)

리처드
셰익스피어
(d.1560/61)

존
(d.1601)

1557년
결혼

존
(1558~1559/60?)

마거릿
(1562~1563)

윌리엄
(1564~1616)

1582년
결혼

앤 해서웨이
(1555-56~1623)

존홀
(1575~1635)

1607년
결혼

수잔나
(1583-1649)

햄닛
(1585~1596)

주디스
(1585~1662)

1616년
결혼

토머스 쿠위니
(1589~1655?)

토머스 낫슈
(1593~1647)

1626년
결혼

엘리자베스
(1608~1670)

1649년
결혼

존 버나드
(d.1674)

셰익스피어
(1616~1617)

리처드
(1618~1639)

토머스
(1620~1639)

토머스
아든
(d.1546?)

로버트
아든
(d.1556)

애그니스

메리
(d.1608)

캐서린

토머스
엣킨스

엘리자베스

존 스칼렛

존 휸즈

애그니스

토머스
스트링거

조이스

존

에드먼드
란바트
(d.1587)

애드워드
콘웰

마거릿

알렉산더
웨브(d.1573)

길버트
(1566~1612)

존
(1569~1646)

윌리엄 하트
(d.1616)

앤
(1571~1579)

리처드
(1574~1613)

에드먼드
(1580~1607)

존 란바드

로버트 웨브

윌리엄
(1600~1639)

메리
(1603~1607)

토머스
(1605~1670?)

마거릿
(d.1682)

마이클
(1608-1618)

토머스
(b.1634)

조지
(1636~1702)

( )의 년도는 생몰년대
( )의 b.는 탄생년대
( )의 d.는 사망년대
———는 친자관계
══는 혼인관계

장미전쟁 역사극의 가계도

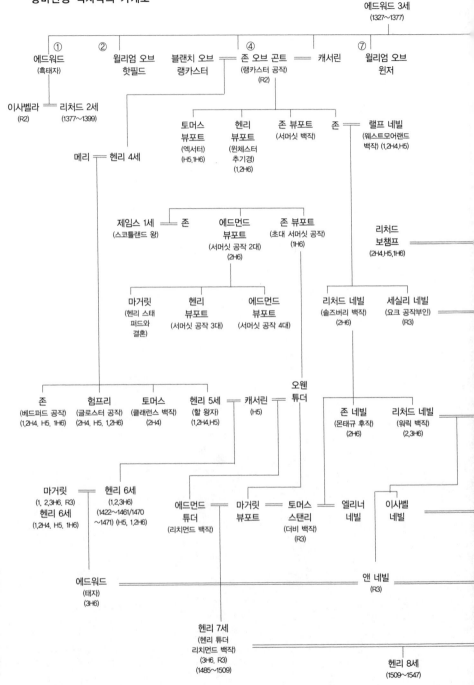

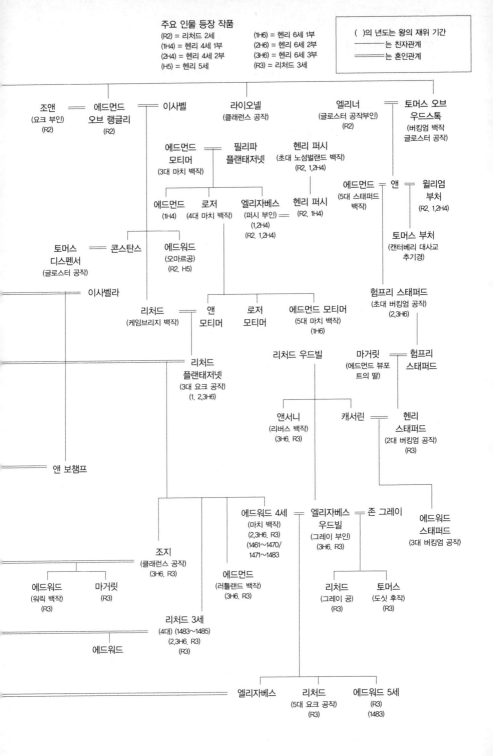

주요 인물 등장 작품
(R2) = 리처드 2세
(1H4) = 헨리 4세 1부
(2H4) = 헨리 4세 2부
(H5) = 헨리 5세

(1H6) = 헨리 6세 1부
(2H6) = 헨리 6세 2부
(3H6) = 헨리 6세 3부
(R3) = 리처드 3세

( )의 년도는 왕의 재위 기간
——— 는 친자관계
════ 는 혼인관계

조앤
(요크 부인)
(R2)

에드먼드
오브 랭글리
(R2)

이사벨

라이오넬
(클래런스 공작)

엘리너
(글로스터 공작부인)
(R2)

토머스 오브
우드스톡
(버킹엄 백작
글로스터 공작)

에드먼드
모티머
(3대 마치 백작)

필리파
플랜태저넷

헨리 퍼시
(초대 노섬벌랜드 백작)
(R2, 1,2H4)

에드먼드
(5대 스태퍼드
백작)

앤

윌리엄
부처
(R2, 1,2H4)

에드먼드
(1H4)

로저
(4대 마치 백작)

엘리자베스
(퍼시 부인)
(1,2H4)
(R2, 1,2H4)

헨리 퍼시
(R2, 1H4)

토머스 부처
(캔터베리 대사교
추기경)

토머스
디스펜서
(글로스터 공작)

콘스탄스

에드워드
(오마르공)
(R2, H5)

이사벨라

험프리 스태퍼드
(초대 버킹엄 공작)
(2,3H6)

리처드
(케임브리지 백작)

앤
모티머

로저
모티머

에드먼드 모티머
(5대 마치 백작)
(1H6)

리처드 우드빌

마거릿
(에드먼드 뷰포
트의 딸)

험프리
스태퍼드

리처드
플랜태저넷
(3대 요크 공작)
(1, 2,3H6)

앤 보챔프

앤서니
(리버스 백작)
(3H6, R3)

캐서린

헨리
스태퍼드
(2대 버킹엄 공작)
(R3)

에드워드
(워릭 백작)
(R3)

마거릿
(R3)

조지
(클래런스 공작)
(3H6, R3)

에드워드 4세
(마치 백작)
(2,3H6, R3)
(1461~1470/
1471~1483)

엘리자베스
우드빌
(그레이 부인)
(3H6, R3)

존 그레이

에드워드
스태퍼드
(3대 버킹엄 공작)

에드먼드
(러틀랜드 백작)
(3H6, R3)

리처드
(그레이 공)
(R3)

토머스
(도싯 후작)
(R3)

리처드 3세
(4대) (1483~1485)
(2,3H6, R3)
(R3)

에드워드

엘리자베스

리처드
(5대 요크 공작)
(R3)

에드워드 5세
(R3)
(1483)

영국 왕가 족보 (1)

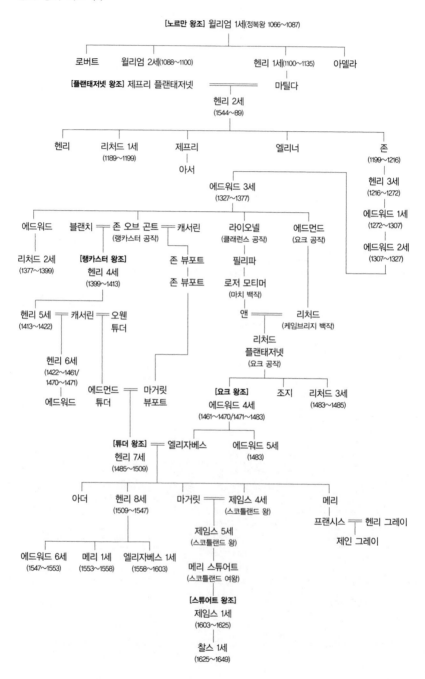

[노르만 왕조] 윌리엄 1세(정복왕 1066~1087)

로버트　　윌리엄 2세(1088~1100)　　헨리 1세(1100~1135)　　아델라

[플랜태저넷 왕조] 제프리 플랜태저넷 ══ 마틸다

헨리 2세
(1544~89)

헨리　　리처드 1세
　　　　(1189~1199)　　제프리　　　　엘리너　　　　존
　　　　　　　　　　　　아서　　　　　　　　　　(1199~1216)

에드워드 3세
(1327~1377)

헨리 3세
(1216~1272)

에드워드 1세
(1272~1307)

에드워드 2세
(1307~1327)

에드워드　　블랜치 ══ 존 오브 곤트 ══ 캐서린　　라이오넬　　에드먼드
　　　　　　　　　　(랭카스터 공작)　　　　　　(클래런스 공작)　　(요크 공작)

리처드 2세
(1377~1399)

[랭카스터 왕조]
헨리 4세
(1399~1413)

존 뷰포트

존 뷰포트

필리파

로저 모티머
(마치 백작)

앤 ══ 리처드
　　　(케임브리지 백작)

헨리 5세 ══ 캐서린 ══ 오웬
(1413~1422)　　　　　　튜더

리처드
플랜태저넷
(요크 공작)

헨리 6세
(1422~1461/
1470~1471)

에드먼드 ══ 마거릿
튜더　　　　뷰포트

[요크 왕조]
에드워드 4세
(1461~1470/1471~1483)

조지　　리처드 3세
　　　　(1483~1485)

에드워드

[튜더 왕조]
헨리 7세 ══ 엘리자베스
(1485~1509)

에드워드 5세
(1483)

아더　　헨리 8세　　마거릿 ══ 제임스 4세　　메리
　　　　(1509~1547)　　　　　(스코틀랜드 왕)　　프랜시스 ══ 헨리 그레이

제임스 5세
(스코틀랜드 왕)

제인 그레이

에드워드 6세　　메리 1세　　엘리자베스 1세
(1547~1553)　　(1553~1558)　　(1558~1603)

메리 스튜어트
(스코틀랜드 여왕)

[스튜어트 왕조]
제임스 1세
(1603~1625)

찰스 1세
(1625~1649)

영국 왕가 족보 (2)

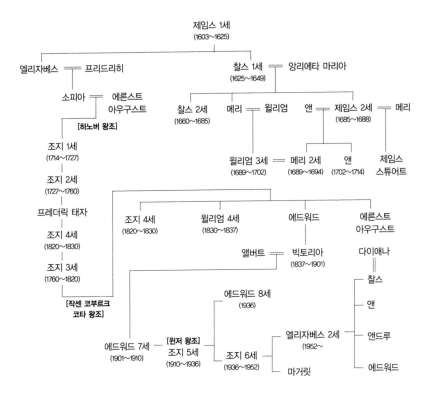